# AMORI, CASTELLI, MAGIE & PIPISTRELLI

Incolla
qui
la tua foto

# Benvenuti a corte!

Principessa Esmeralda

Ciao a tutti! Sono la Principessa Esmeralda, Emma per gli amici. Ho quasi sedici anni e vivo in un castello. Ecco a voi... i protagonisti della mia incredibile avventura!

Principe Eugenio

Lui è il Principe Eugenio di Bellavista Superiore, Genio per gli amici. Parla troppo e ha sempre fame, ma sotto sotto ha un cuore d'oro...

Zia Gelsomina

Anche se non sembra, questa è la mia adorabile e bellissima zia... Purtroppo, però, da quando è caduta vittima della maledizione di famiglia, Gelsomina è cambiata parecchio!

Nina Puzzina

Questa è Nina la pipistrellina. Volare non è il suo forte... in compenso parla alla velocità della luce!

Questo simpatico e dolcissimo fantasma è mio nonno Albino. Vive nelle segrete del castello da quando la nonna si è trasformata in una vecchia strega insopportabile...

Nonno Albino

Nonna Ortica

Questa strega con l'aria scorbutica e il naso adunco e bitorzoluto è mia nonna Ortica, che non ha *proprio* un bel carattere...

Questo è il mago Olefat, che la nonna ha trasformato in cane dopo che lui le aveva rubato la memoria. Anche se non si vede, sulla sua schiena c'è il suo fedele pappagallo Anch'io, tramutato in pulce!

Mago Olefat

*Titolo originale:* Once Upon a Curse


*Editing:* Laura Fiengo
*Grafica dell'edizione italiana:* Gioia Giunchi e Laura Zuccotti

I Edizione 2006


15033 Casale Monferrato (AL) - Via del Carmine, 5
Tel. 0142/3361 - Telefax 0142/74223
www.edizpiemme.it



*Stampa:* Mondadori Printing S.p.A. - Stabilimento NSM - Cles (Trento)

E.D. Baker

# AMORI, CASTELLI, MAGIE & PIPISTRELLI

Illustrazioni di
Desideria Guicciardini

Traduzione di
Francesca Flore

PIEMME
Junior

*Questo libro è dedicato a Ellie, la mia prima lettrice e critica, a Kimmy per avermi sostenuto, e a Nate ed Emiko per il loro entusiasmo. Vorrei ringraziare anche Victoria Wells Arms per le sue domande e per il suo intuito.*

1

# Mai vista una strega con le ali?

**Da piccola ero convinta** che diventare una strega fosse facilissimo. Mia zia Gelsomina, in cima alla torre del nostro castello, faceva magie tutti i giorni, a volte senza nemmeno sbirciare le pergamene e le formule magiche che riempivano il suo grande tavolo. E dire che lei non è mai stata in una di quelle scuole per giovani maghi e streghe di cui tutti parlano! Lei è la Strega Verde. O meglio, *era* la Strega Verde, visto che negli ultimi tempi è piuttosto cambiata…

Comunque… Quando feci il mio primo incantesimo *Tortaranetta!* cominciai a capire che il mestiere di strega non è affatto facile: appena sfornate, le crostatine di mele ranette si sono messe a gracidare saltellando per tutta la stanza. E anche i miei incantesimi di pulizia avevano bisogno di una messa a punto: erano così potenti che il mio letto si rifaceva da solo in pochi secondi… ma quando io ero ancora dentro. Una volta per liberarmi ho dovuto scavare un tunnel nel materasso!

Il peggio comunque iniziò quando mi trasformai in ranocchia…

Dopo che l'alito di drago aumentò i miei poteri, però, credetti di essere finalmente diventata una vera strega e che tutti i miei problemi con la magia fossero finiti. Beh, mi sbagliavo di grosso. All'improvviso mi sono ritrovata al dito l'anello della Strega Verde e ho dovuto affrontare questioni ben più importanti di un letto dispettoso o di qualche torta con le zampe. Come sono riuscita a cavarmela? Che domanda! Grazie alla magia, no?

Era da qualche settimana che visitavo ogni giorno il nuovo laboratorio di zia Gelsomina nelle segrete del castello, e ormai avevo già letto quasi tutti i libri e le pergamene che aveva portato lì quando aveva lasciato la torre.

Quella mattina, però, ero davvero demoralizzata, perché ancora non avevo trovato quello che cercavo.

Scendendo nelle segrete, avevo visto Gelsomina schizzare fuori dalla sua stanza come un fulmine, senza dire una parola. Probabilmente stava architettando qualcuno dei suoi misfatti, ma io ero troppo indaffarata per seguirla e scoprire che cosa stesse combinando.

Dopo aver letto per un paio d'ore, mi massaggiai la fronte con una mano e allontanai la pergamena che stavo studiando. Le fiammelle delle candele tremolavano sempre di più e ormai stavano per spegnersi.

All'improvviso qualcosa mi passò veloce su una scarpa.

«Dev'essere Verruca» pensai rabbrividendo.

Un tempo, quando zia Gelsomina era ancora la dolce Strega Verde che io amavo tanto, il suo animale preferito era un piccolo, inoffensivo serpentello verde mela che non dava fastidio a nessuno. Ora invece la zia divideva la stanza con un vecchio topo grigio che aveva trovato nei sotterranei, a cui aveva dato l'orripilante nome di Verruca. Quel topaccio puzzava come un formaggio marcio, aveva il pelo chiazzato e la coda così malconcia che somigliava a un vecchio pezzo di spago. Per non parlare del suo caratteraccio, che faceva a gara con quello di zia Gelsomina. Potevo sopportare di tutto: l'aria fredda delle segrete e perfino i fantasmi che spuntavano all'improvviso dietro ogni angolo. Ma quando Verruca appariva di soppiatto e mi fissava con quei suoi occhietti gialli, perdevo davvero le staffe.

Per me sarebbe stato facile creare una lampada stregata che mi avvisasse, magari cantando, dell'arrivo di intrusi o di creature nascoste negli angoli bui della stanza, ma sapevo bene che non era possibile: se la zia avesse scoperto qualcuno fare magie nel suo laboratorio si sarebbe infuriata... E per il momento preferivo evitare di avere a che fare con i suoi perfidi incantesimi!

Ma come mai, vi starete forse chiedendo, una giovane principessa come me si trovava in un sotterraneo buio e popolato di fantasmi in compagnia di un topo maleodorante? Beh, stavo cercando una cura per la maledizione di famiglia. E dovevo fare in fretta: oltre a nonna Ortica, adesso era stata colpita dall'incantesimo anche la mia adorata zia.

«E se non riuscirò a trovare una soluzione prima del mio sedicesimo compleanno, presto potrebbe toccare a me» pensai mentre mi liberavo i capelli da una ragnatela.

La maledizione aveva cominciato a colpire quando Adele, la prima Strega Verde della famiglia, per il suo sedicesimo compleanno aveva regalato mazzi di fiori incantati a tutti gli ospiti della sua festa. Sfortunatamente, però, l'ultima fata a lasciare il castello era rimasta senza e aveva scagliato su di lei e su tutto il ramo femminile della casata reale una terribile maledizione: se mai Adele o una sua discendente avesse toccato un fiore, si sarebbe immediatamente trasformata in una strega ripugnante. Così, le donne della mia famiglia avevano imparato a stare alla larga dai fiori. Sarebbe bastato toccare un solo petalo per farle diventare orribili e talmente odiose che nessuno avrebbe più potuto sopportarle.

– Non hai ancora finito, Emma? – disse a un tratto una vocina acuta.

Ero così immersa nei miei pensieri che non mi ero nemmeno accorta di Nina Puzzina. La mia amica pipistrellina se ne stava appesa a una trave e mi osservava a testa in giù.

– Quasi – risposi con un sospiro. Arrotolai la pergamena che avevo appena consultato e la gettai in cima al mucchio di quelle che avevo già letto. Stavo per prendere le ultime due rimaste quando sentii grattare alla porta. – Accidenti, è tornata Gelsomina! – dissi ritraendo la mano.

Da quando avevo scoperto di avere talento per la magia, i miei poteri erano migliorati parecchio. Modestamente, non solo ero diventata un'amica dei draghi ma, dopo che zia Gelsomina era caduta vittima della maledizione, avevo anche ottenuto il titolo di Strega Verde. Ora riuscivo a fare cose che un tempo non potevo neanche immaginare. Per esempio sapere chi c'era dall'altra parte di una porta prima ancora di aprirla. Questo potere mi tornava particolarmente utile quando cercavo di evitare mia madre, la snobbosissima Regina Catarina.

Udii grattare di nuovo.

– Più che Gelsomina, sembra un cinghiale – squittì Nina risalendo velocemente verso il soffitto. – E anche bello grosso! – aggiunse coprendosi il muso con le ali.

Poi il chiavistello si aprì e la pesante porta di legno mi si spalancò davanti. Nina emise un piccolo grido e sparì nel buio.

La creatura che avevo di fronte aveva più o meno le dimensioni di un elefante e il suo corpo squamoso riempiva tutta la stanza. Era una specie di lucertolone, verde come un pistacchio fresco. Il mostruoso animale emise un sibilo, poi cominciò a svanire. Al suo posto si materializzò mia zia.

– Ancora qui? – gracchiò infastidita. – Credevo che avessi finito da un pezzo.

– Avrei finito prima se ci fosse più luce.

– Per i miei incantesimi la luce è perfetta – rispose lei mettendosi a rimestare nel suo calderone. – Comunque ti darò dei lumi stregati, purché tu smetta di frignare e te ne vada al più presto! –. Borbottò delle parole incomprensibili e all'istante un turbine di piccole sfere luminose rimbalzò contro il soffitto. Nella stanza si diffuse una luce verdognola.

Guardandomi intorno, mi accorsi di una codina e di due piccole orecchie che sgattaiolavano attraverso il tavolo. La piccola creatura squittì e saltò a terra cadendo di schiena.

– E questo chi è? – domandai a mia zia.

– Ovvio, un porcellino d'India – rispose lei. – Veramente prima era un ragno, ma l'ho trasformato: i porcellini d'India sono molto più succulenti. Quando mi tramuto in lucertola ho sempre una fame... – disse fissando quella palla di pelo.

Mentre la zia parlava, vidi che un'orrenda nebbia marroncina avanzava soffocando le luci una per una. Gelsomina si precipitò in un angolo della stanza, prese una botte e la fece rotolare verso il centro. Poi mormorò qualche

parola e la botte cominciò a tremare, sibilando come un serpente e risucchiando la nebbia attraverso un piccolo foro nel fianco. Quando anche l'ultima folata di nebbia venne inghiottita, la strega conficcò un tappo nel buco, fregandosi le mani. – Bene! – esclamò compiaciuta. – Spero di trovarne ancora.

– Zia, si può sapere perché catturi la nebbia magica? – mi informai.

– La distillo e ne raccolgo i residui – disse lei soddisfatta scoperchiando una ciotola piena di polvere violetta.

– Residui di nebbia magica? – chiesi senza capire.

– Esatto – tagliò corto zia Gelsomina, sbattendo il coperchio sulla ciotola. – E ora, se vuoi scusarmi, avrei da fare...

– Veramente ci sono ancora due pergamene che dovrei...

– Eccole! – gracchiò lei afferrando le carte dal tavolo e gettandole a terra. – Buona giornata, mia cara.

– Beh, almeno hai le pergamene – commentò Nina Puzzina poco dopo, atterrandomi sulla spalla. – Credevo che non si potessero portare fuori dalle segrete.

– Temo che non mi saranno molto utili – sospirai. – Sono giorni che cerco un indizio, e purtroppo non credo che lo troverò tra queste carte. E...

– E tu compi sedici anni la prossima settimana – concluse la pipistrellina in tono preoccupato.

Già, mancava soltanto una settimana al mio compleanno!

– Mio padre ha deciso di dare il via ai festeggiamenti a partire dal giorno prima – dissi. – Sostiene che un bel torneo al castello è l'augurio migliore per un matrimonio. Ha invitato i genitori di Eugenio e tutto il loro seguito. Credo che voglia fare colpo sui miei potenziali suoceri...

– Emma! Finalmente ti ho trovata! – esclamò mia madre mentre mi chiudevo alle spalle la porta delle segrete. – Cielo, non capisco come una principessa possa trascorrere tanto tempo in quel posto orrendo...

– Ero nelle stanze della zia... – iniziai a spiegare sperando di distrarla dal pipistrello. Per fortuna, però, appena aveva visto arrivare la Regina Catarina, Nina era volata via come un razzo. Tra loro non correva buon sangue...

La bocca della mamma, nel frattempo, si era già piegata in una smorfia di disappunto. Da quando la maledizione della fata aveva colpito di nuovo, mi sembrava che la regina evitasse in ogni modo di incontrare sua sorella Gelsomina. Perfino sentirla nominare la infastidiva.

Comunque ormai ero in trappola... Così, con le pergamene tra le braccia, seguii il lungo strascico di mia madre fin nel Salone Grande. – Sto cercando un modo per annullare la maledizione di famiglia – dissi. – La zia mi ha permesso di consultare i suoi libri e le sue pergamene.

– Hai trovato qualcosa? –. Mia madre si fece più attenta.

Scossi la testa sconsolata.

– Non mi stupisce, Esmeralda. Tante streghe prima di te hanno provato a vincere quella maledizione, e nessuna ci è mai riuscita. Cosa ti fa pensare che tu possa farlo?

Come al solito, mia madre non mi aveva certo convocata per tirarmi su il morale.

– Cielo, Esmeralda, non dovresti perdere tempo! – proseguì lei. – Hai pensato al tuo guardaroba? Non hai ancora un mantello adatto per l'incontro con i genitori del Principe Eugenio. E la ghirlanda di fiori? Voglio che tu sia elegante come non lo sei mai stata! La mia sarta personale ti sta aspettando da ieri ed *esigo* che tu vada da lei *adesso*.

– Madre, sto facendo una cosa molto importante e...

– *Sposarsi* è importante, mia cara. E se non piacerai ai genitori del tuo futuro marito, potrebbe non esserci nessun matrimonio in vista.

Lo sguardo della regina divenne freddo come un cubetto di ghiaccio, ma mi feci coraggio:
– Non ho ancora detto a Eugenio che voglio sposarlo.

– Ma lo farai presto, vero? – disse lei fissandomi dritto negli occhi.

Alla fine dovetti prometterle che sarei andata dalla sarta. Detesto provare i vestiti, con tutti quegli spilli e i nastri che ti avvolgono come una salsiccia! Sono sicura che un giorno qualche strega geniale inventerà abiti già belli e confezionati: li vedi, li provi, e *oplà!*, sei pronta per andare a conoscere i tuoi futuri suoceri.

Già, i miei futuri suoceri... In realtà non avevo ancora dato una risposta a Genio. Ero sicura di amarlo, certo, ma sposare una strega per lui era davvero una buona idea? Da un giorno all'altro avrei potuto trasformarmi anch'io in una vecchiaccia ripugnante. O magari in una puzzola, in una zanzara o, peggio, in un animale pericoloso... Avevo deciso: se non fossi stata in grado di porre fine alla terribile maledizione che da anni incombeva sulla mia famiglia, allora non mi sarei mai sposata.

Le stanze nella torre dove vivevo non erano cambiate molto dai tempi in cui ci abitava la zia. Appena aprii la porta, Nina scese dal soffitto e prese a volarmi tutt'intorno. – Perché ci hai messo tanto? – chiese. – Sono ore che ti aspetto appesa qui… mi stavo addormentando!

– Sono stata con mia madre – risposi.

– Tua madre! – esclamò seccata la pipistrellina. – Non le piaccio proprio, lo so. E non credere che non me ne sia accorta! Sono un pipistrello, non una zucca vuota di Halloween! – concluse prima di ritirarsi offesa nel suo ripostiglio.

La poltrona su cui di solito mi accoccolavo per ascoltare i racconti della zia era ancora davanti al caminetto e c'erano ancora i tappeti verdi, gli arazzi, la boccia di vetro piena d'acqua salata e i fiori di cristallo. Quello era il posto ideale per il mio compito di Strega Verde: con la sfera magica tenevo d'occhio il regno, e a ogni luna piena salivo a bordo del tappeto volante per sorvegliare le frontiere. Finora avevo già evitato l'invasione di un branco di lupi mannari, espulso un gruppo di malvagi Troll e convinto delle fate festaiole a lasciar riposare i contadini del villaggio... Ma la verità era che la vera Gelsomina mi mancava.

Mia zia era la persona più dolce che avessi mai conosciuto... E ora? Beh, al suo posto c'era un lucertolone dispettoso!

Le ultime pergamene, come temevo, non mi aiutarono: *Come trasformare un frullatore in un rossetto... L'incantesimo* Tacisveglia *per fermare il tempo quando non ti vuoi alzare.* Volapresto e senza sforzo, *la pozione che ti solleva...* La mia ricerca non diede molti frutti.

– Hai provato nella casa di Vanillina? – suggerì Nina stropicciandosi gli occhi. – Lì c'erano un sacco di libri antichi.

Quando ero ancora una strega inesperta sotto forma di ranocchia, Genio e io eravamo stati imprigionati nella capanna di una strega nella foresta incantata. Fu lì che incontrammo Nina Puzzina per la prima volta. Beh, Fangolina, la potentissima strega che viveva nella capanna prima di Vanillina, aveva lasciato lì i suoi libri di formule magiche pieni di ricette attendibili. Io ne avevo usata una e... aveva funzionato!

Cominciai a sperare. Forse tra i libri di quella strega avrei trovato quello che cercavo.

– Ottima idea, Nina! – gridai entusiasta. – Se parto adesso, sarò di ritorno prima di sera.

– Ma hai mandato a rammendare il tappeto magico, ricordi? – obiettò Nina. – Come pensi di arrivarci?

Mentre riflettevo, vidi una colomba passare in volo accanto alla torre. Mi avvicinai alla finestra e la guardai allontanarsi leggera.

– Credo che ci andrò volando! –. Mi arrampicai sul davanzale e recitai la formula *Volapresto* che avevo letto poco prima sulla pergamena di zia Gelsomina:

*Che sia sola o col mio stormo*
*in uccello mi trasformo.*
*Con quest'ultima parola*
*sono già un uccel che vola!*

La trasformazione fu rapida come un battito d'ali. Allargai le braccia e vidi che erano coperte di piume candide. Mi ero trasformata in una colomba, l'ultimo uccello che avevo visto. Piegando il becco appuntito, mi chinai a esaminare le zampette arancioni e i loro piccoli artigli.

Avevo osservato mille volte gli uccelli dalla finestra della torre: volare non sarebbe stato difficile. Dopotutto gli uccellini imparavano in fretta, no? Alzai le ali e le riabbassai con un movimento breve e deciso. Le mie zampe si sollevarono dal davanzale, ma al secondo battito ero di nuovo al punto di partenza.

Ci provai ancora e, quasi senza rendermene conto, mi ritrovai nel vuoto al di sopra del fossato. Per la sorpresa, dimenticai di battere le ali e precipitai verso terra come un sasso. Quando riuscii a muoverle di nuovo, ero a pochi centimetri dall'acqua. Volare non era poi così facile...

Con uno stile non proprio leggiadro, feci qualche giro di prova. Poi finalmente spiccai il volo sotto gli occhi divertiti di una famiglia di rondini. Il più piccolo mi porse un verme dal minuscolo becco. Io lo ringraziai e puntai verso la foresta.

Sembrava una giornata perfetta per imparare a volare!

# 2

# Incontri nella foresta

**Quando raggiunsi** la foresta incantata il cielo era gonfio di nuvole scure. Dovetti combattere contro un vento sferzante nella speranza di trovare riparo prima che scoppiasse il temporale, ma una volta giunta alla meta ero zuppa come una spugna da bagno.

L'atterraggio non fu dei più morbidi. Il mio tonfo nella radura fece scappare una ninfa e una coppia di unicorni, che andarono a ripararsi spaventati sotto un albero lì vicino.

Non mi ci volle molto per raggiungere la casetta: era uguale a come la ricordavo, anche se il tetto sembrava in condizioni molto migliori. Un filo di fumo saliva dal comignolo... C'era qualcuno in casa!

Ripensai con un brivido a quello che era successo a me e a Genio quando la strega Vanillina ci aveva rapito tenendoci prigionieri in quella capanna. Dopo aver minacciato di tagliarci la lingua, ci aveva rinchiusi in gabbia, finché io non avevo trovato un incantesimo in grado di aprire ogni lucchetto e ogni chiavistello nel raggio di qualche metro. Ma allora ero solo una ranocchia inesperta... Adesso ero la Strega Verde e nessuno avrebbe potuto trattarmi così!

La finestra era socchiusa. Mi feci coraggio e volai dentro. Due donne sedevano vicino al focolare, ma nessuna delle due era la giovane Vanillina dai capelli corvini. Non riuscivo a vedere il viso di quella con i capelli bianchi, che sedeva al tavolo dando le spalle alla finestra. L'altra, invece, mi stava di fronte: una donnina minuta, magra, con i capelli grigi e un'espressione acidula che si intonava alla sua voce.

– Mi avevi promesso sole e aria fresca – si lamentava. – Ma qui di fresco c'è solo il letame, mi pare! E probabilmente anche la muffa... Come puoi vivere in una simile catapecchia? Somiglia alla cuccia del mio cane!

– Credevo che ti avrebbe fatto piacere cambiare aria. Ti lamenti sempre della città...

– Io *adoro* la città! Lì una strega può stupire tutti con le sue magie. Ma qui, in mezzo al nulla, se anche trasformassi quella legna in oro, chi se ne accorgerebbe?

La donna dai capelli bianchi sospirò, poi finalmente si voltò.

Avrei dovuto aspettarmelo. Dopotutto, ero stata io a raccontarle di questa capanna.

Genio e io l'avevamo conosciuta al mercato magico, quando eravamo in cerca di fagioli. Lei ce li aveva consegnati in cambio di un'informazione su un barattolo pieno di bulbi oculari che diceva di aver perso da tempo. Avevo visto quel barattolo nella capanna di Vanillina quando ero stata imprigionata, e ora lo rivedevo sul tavolo davanti alla vecchia del mercato.

Quando l'avevamo incontrata alla sua bancarella aveva un occhio solo, ora invece ne aveva due. Quello azzurro intenso sembrava calzarle meglio; l'altro, marrone con pagliuzze dorate, pareva sul punto di rotolare fuori dall'orbita.

– Io qui riesco a *riposare,* Diverticola – disse all'altra. – Almeno, ci riuscivo finché non sei arrivata tu – aggiunse a bassa voce.

Quelle due donne non sembravano persone

cattive... Saltai a terra e recitai la formula per tornare umana.

Improvvisamente tutto mi sembrò più piccolo e meno minaccioso. Le piume scomparvero. Mi sistemai i capelli e mi feci avanti.

– Guarda un po', Pupilla! – esclamò la strega dai capelli grigi. – Finalmente abbiamo un po' di compagnia.

– Eri tu l'uccello sul davanzale, vero? – domandò la vecchia dai capelli bianchi, invitandomi a farmi avanti.

Annuii. – Non era mia intenzione origliare... – mi scusai, avvicinandomi.

– E perché no? – intervenne con sguardo complice Diverticola. – Ascoltare le conversazioni altrui è un vero spasso: in città io mi trasformavo in mosca solo per quello!

– Finché quell'uomo non ha cercato di colpirti con lo scacciamosche... – la zittì Pupilla.

Le due streghe iniziarono a discutere, e io ne approfittai per guardarmi in giro: le ragnatele non c'erano più e nemmeno le tane dei topi. Lo scaffale che un tempo fungeva da libreria era stato spolverato con cura ma, *sorpresa!*, sopra non c'era nemmeno un libro. Stavo per chiederne notizie quando gli occhi di Pupilla si fissarono su di me, squadrandomi dal basso in alto.

– Ragazzina! Ti ho già visto da qualche parte o sbaglio?

– Ci siamo incontrate al mercato magico. I fagioli, ricorda?

La donna prese il barattolo e scelse un altro paio di occhi, sfilandosi quelli che indossava. Poi sbatté le palpebre e tornò a osservarmi. – Ora va meglio. Fatti guardare... Certo, sì che ricordo! Eri con un giovanotto. E sei stata tu a dirmi dov'era finito il mio barattolo di occhi.

– E il tuo amico? È carino? – domandò Diverticola con sguardo civettuolo.

– Non credo che la nostra ospite sia arrivata fin qui per raccontarci i suoi amori. Giusto ragazza? – la interruppe Pupilla.

– In effetti sto cercando una formula che annulli una maledizione di famiglia. I libri che un tempo stavano su quello scaffale, li avete ancora?

– Certo! Sono tutti nel catino della cenere, insieme ai miei. Di solito non li faccio vedere al primo che passa... Ma tu mi hai indicato questo posto e *io* mi ci sono trovata molto bene –. Così dicendo, Pupilla si voltò verso Diverticola con sguardo penetrante. Poi andò al camino e cominciò a rovistare nel grande catino che raccoglieva la cenere.

– Fai pure con comodo! – mi disse Diverticola. – Sarà un diversivo avere un po' di compagnia. Quella strega di mia sorella non fa altro che giocare con il suo barattolo di occhi e io...

– Eccoti servita – disse Pupilla, sbattendo sul tavolo un mucchio di libri neri di cenere. – Comincia con questi.

Mentre la pioggia batteva sul tetto della casetta, sfogliai i volumi uno a uno, prendendo nota delle formule più interessanti. Diverticola sedeva sulla sedia accanto alla finestra, descrivendo con nostalgia "Vanità di strega", il suo negozio preferito che la aspettava in città. Pupilla esaminava estasiata la sua collezione di bulbi oculari, provandoli prima uno per volta, poi a coppie.

– Ognuno di questi percepisce le cose in modo diverso – mi spiegò quando alzai lo sguardo da un pesante librone. Poi, mostrandomi un occhio blu pervinca, aggiunse: – Questo apparteneva a un poeta. Quando lo indosso vedo tutto "in rima"–. Ne indicò un altro dall'iride marrone scuro che galleggiava nel barattolo. – Questo invece era di un vecchio mago – disse afferrandolo. – Vede incantesimi dappertutto.

Pupilla pescò di nuovo nel barattolo e tirò fuori due occhi completamente bianchi. Mi chiesi cosa potesse vedere con quelli.

– Questi sono i miei occhi da veggente – disse la vecchia strega con grande soddisfazione. Chinandosi sul tavolo, si tolse quelli che aveva indosso e si infilò i nuovi. Poi, prendendomi una mano tra le sue, chiuse le palpebre canticchiando e disse: – Oh, vedo che presto ci sarà un torneo al tuo castello… e io sarò invitata! Accetto volentieri, grazie! Porterò anche mia sorella Diverticola. Ci divertiremo un mondo: ci saranno gare, ottimo cibo, magia cattiva a volontà…

– *Magia cattiva?* – chiesi stupita.

Ma nel frattempo Pupilla aveva già cambiato discorso. – Prima del torneo, però, farai un lungo viaggio.

– Davvero?

– Proprio così – disse lei. – Ma non chiedermi dove. Questi occhi sono vecchi. Si stancano molto presto e…

– Cosa stavi dicendo a proposito della magia cattiva? Non capisco… – insistetti ancora, mentre lei si cambiava gli occhi.

– Troppo tardi, piccola. Avresti dovuto chiedermelo mentre avevo ancora i bulbi da veggente: adesso devono riposare almeno per tre giorni. Vuoi vederne altri? – rispose Pupilla porgendomi il suo barattolo.

All'interno i bulbi giravano all'impazzata come un mucchio di biglie colorate.

Pupilla sembrava divertirsi un mondo. – Se vuoi posso farti vedere il mio primo paio. Erano bellissimi, blu scuro, si abbinavano perfettamente con il mio vestito più bello. Mia madre mi chiamò Pupilla proprio per via di questi occhi, sai?

– Sei sempre stata la sua preferita – brontolò Diverticola.

– E tu invece hai sempre qualcosa di cui lamentarti – rispose Pupilla.

– Già, per te era facile, con quegli occhioni color mare... I miei, color castagna matta, non sono mai stati così apprezzati! Non mi sono nemmeno sposata – piagnucolò la sorella fissando il barattolo. – Mai incontrato quello giusto, io. E tu invece, ragazzina? Dicci, c'è qualcuno di speciale nella tua vita?

– A dire il vero sì... – mormorai pensando a Genio. Il principe del mio cuore era tornato nel suo regno, a Bellavista Superiore, ormai da mesi. E, inutile negarlo, mi mancava. In realtà sarebbe dovuto tornare tra soli sette giorni. Ma certe settimane, chissà perché, durano un'eternità.

– È quel tipo niente male con cui ti ho vista al mercato? – si informò Pupilla.

– Proprio lui – ammisi, cercando di sembrare allegra.

Poi, per evitare di farmi prendere dalla nostalgia davanti a due streghe curiose e a un intero barattolo di occhi, mi rituffai a capofitto sui libri.

– Hai trovato qualcosa che ti può servire? – domandò dopo un po' Pupilla, scegliendo due buffi occhi a palla appartenuti a un clown.

Sospirai. – Macché –. Riposi l'ultimo libro nel catino della cenere. – Ho trovato soltanto formule di trasformazioni in animali. E personalmente ne ho già avuto abbastanza quando diventavo una ranocchia a ogni starnuto.

– Sbaglio o hai parlato di una maledizione di famiglia? – chiese all'improvviso Pupilla.

Feci segno di sì con la testa. – Dopo aver compiuto sedici anni, tutte le donne della mia famiglia rischiano di caderne vittima.

– E tu quando li compirai?

– Tra una settimana esatta.

– Se fossi in te, ne parlerei con mia sorella.

– Purtroppo non ho sorelle.

– Non intendeva *tua* sorella – intervenne Diverticola ridacchiando. – Voleva dire *sua* sorella, cioè... io! Un tempo le maledizioni erano il mio forte, poi ho dovuto lasciar perdere. Per lanciarne una come si deve devi essere bella infuriata. E tutta quella rabbia mi stava facendo venire troppi capelli bianchi.

– Sei esperta di maledizioni? Magnifico! – esclamai. – Sai anche come neutralizzarle?

– Naturalmente, e te lo direi volentieri, se solo tu...

– Se solo *cosa*? – la incalzai.

– Sai, cara, – proseguì la strega, ignorando la mia agitazione – in questa specie di landa abbandonata che mia sorella ha il coraggio di chiamare "casa" non c'è neppure un salone di bellezza come si deve...

– Mi dispiace molto, ma la maledizione... – cominciai a dire impaziente.

– E per di più Istrione, il mio parrucchiere di fiducia, è impegnato al concorso "Fattucchiere sotto le stelle" fino alla luna nuova.

– Un bel guaio, ma se lei potesse aiutarmi a sciogliere la maledizione... – ribattei spazientita.

– Te l'ho detto, ti aiuterò. A patto che tu mi faccia una semplicissima acconciatura Fatamorgana.

– *Acconciatura Fatamorgana?* – ripetei.

– È molto facile. Prima fai mille treccioline piccole piccole, le fermi in cima alla testa con uno strass di rugiada e poi attorcigli il tutto sopra la fronte, come una ragnatela. Meravigliosa, no? Ad Halloween ogni strega sogna di averne una!

– D'accordo – mi rassegnai. – Devono essere proprio *mille* treccine?

– Naturale: non una di più, non una di meno, altrimenti crolla tutto.

«E io che solo due ore fa mi lamentavo per una visita dalla sarta...» pensai mentre tentavo di passare un grosso pettine sulla testa arruffata di quella strega vanitosa.

Ben presto, però, fui talmente presa dal racconto di Diverticola che non feci più caso alle sue chiome ribelli... Esistevano solo due modi per porre fine a una maledizione: riuscire a convincere chi l'aveva scagliata ad annullarla, oppure trovare l'antidoto. Purtroppo nessuna delle due soluzioni era possibile, dato che ignoravo sia il nome di chi l'avesse lanciata sia le parole esatte che questa fata sconosciuta aveva utilizzato nel pronunciare la maledizione. Il fatto che si trattasse di una fata, poi, secondo Diverticola peggiorava la situazione.

– Le trattative con le fate di rado vanno a buon fine – mi avvertì. – Tuttavia, se riesci a scoprire quale fata ha lanciato la maledizione, *forse* riuscirai a fargliela annullare. Altrimenti non ti resta che trovare le parole esatte della formula. Per riuscirci, però, dovrai tornare al momento preciso in cui la maledizione fu scagliata.

– Ma è successo qualche secolo fa! Dove le vado a cercare? – sospirai sconsolata.

– Non *dove*, ragazza, ma *quando*! Facile: viaggerai indietro nel tempo. Ho visto dai tuoi occhi che sei già abbastanza potente per la tua età. Dovresti riuscire a dominare le forze in campo... Se invece non sei abbastanza forte... beh, allora la maledizione sarà l'ultimo dei tuoi problemi. La formula è abbastanza semplice: basta scagliare un banalissimo incantesimo di ricerca *Dondestas?* su un oggetto proveniente dalla tua destinazione. Dato che vuoi viaggiare nel tempo, ovviamente l'oggetto dev'essere di quel periodo. Per tornare nel presente, pronuncia il nome dell'epoca che vuoi raggiungere ed è fatta – concluse la strega. – Ah, dimenticavo! – proseguì poi. – Avrai bisogno di qualcosa che ti rafforzi mentre reciti l'incantesimo.

– Che genere di cosa? – domandai frastornata. Dovevo ammetterlo, avevo sottovalutato le conoscenze magiche di Diverticola.

– Beh, ognuno ha i suoi gusti – rispose lei. – Ma qualunque cosa tu scelga, dev'essere portatile, così puoi usarla anche per tornare.

– C'è qualcos'altro che devo sapere?

– Sì, una cosa molto importante. Stai per viaggiare nel tempo, ma nel tuo caso il luogo in cui andrai sarà lo stesso da dove sei partita. Se la maledizione è stata lanciata molto tempo fa, è probabile che il castello sia cambiato. Case, palazzi, alberi... niente resta uguale nei secoli, giusto? Ecco, se pronunci la formula nel luogo sbagliato, rischi di ritrovarti in mezzo a un lago o in cima a una cascata. E comunque scegli un posto isolato: non sta bene comparire dal nulla in mezzo alla Sala Reale o negli appartamenti della regina.

– Ma come faccio a sapere com'era il castello ai tempi della Principessa Adele?

– Oh, sono sicura che te la caverai. Ah, un'ultima cosa: quando vai indietro nel tempo, stai bene attenta a non cambiare nulla. Qualsiasi gesto compi nel passato, potrebbe avere effetti impensabili nel presente. Se uccidi un tuo antenato, per esempio, potresti non nascere mai –. Detto questo, Diverticola scoppiò in una risata gracchiante.

– Ma se non fossi mai nata, come potrei andare nel passato a uccidere qualcuno? – chiesi.

– Ragazza, perché devi sempre complicarti la vita? – tagliò corto la strega. – Tu usa soltanto la formula, e cerca di tornare indietro sana e salva. Ehi, a che punto siamo con le treccioline?

– *Novecentonovantotto... novecentonovantanove... mille!* Ecco, specchiati in questo vetro rotto – dissi esausta fermando l'ultima treccia con lo strass di rugiada.

– Ottimo lavoro! – esclamò soddisfatta Diverticola, ammirando il reticolo scintillante in equilibrio precario sulla sua fronte.

– Per caso ti è finito in testa un gomitolo di lana che ha litigato con un gatto? – commentò Pupilla fissandola con due strettissimi occhi asiatici.

– Tutta invidia, sorella! – rispose lei raggiante. – E adesso ricordate: d'ora in poi non sarò più Diverticola. Non è un nome elegante per una strega di classe... Chiamatemi Diva. Non lo trovate tremendamente chic?

# 3

# Pan di zenzero e ali di coleottero

**Il volo per tornare** a casa fu molto più semplice che all'andata. Mentre sfioravo distrattamente i rami gocciolanti, ripensai a tutte le raccomandazioni di Diverticola. Come sarei riuscita a ricordare tutto? Per prima cosa dovevo trovare qualcuno che conoscesse bene la storia dei miei avi e del castello, di proprietà della mia famiglia da oltre mille anni.

«Se soltanto la nonna non avesse quel caratteraccio...» pensai mentre sorvolavo sicura la foresta.

Nonna Ortica era la discendente più anziana

della prima Strega Verde e di certo ne sapeva più di chiunque altro. Non avevo scelta: dovevo fare tappa alla Casa di Riposo della Strega Attempata.

Non avevo ancora pensato che cosa dire esattamente alla nonna, quando avvistai la sua casetta di pan di zenzero. Quella deliziosa visione mi ricordò che non mangiavo dalla mattina.

Stavo per attaccare a colpi di becco una grossa tegola profumata, quando qualcosa mi colpì alle spalle. Precipitai a terra zampe all'aria ma, con la coda dell'occhio, feci in tempo a scorgere un'ombra pelosa alle mie spalle.

– Guarda guarda chi è arrivato… un pasto consegnato a domicilio! *Adoooro* le sorprese! – sentii miagolare dietro di me.

Riconobbi subito la voce dell'insopportabile Gerardo. Il vecchio gatto rosso di mia nonna

era una delle creature più antipatiche che avessi mai incontrato.

Sollevai il becco dal fango, e gridai sputacchiando: – Sono io, Esmeralda, ignorante di un gatto! Sarà meglio che mi lasci andare immediatamente!

Gerardo soffiò, per nulla intimorito. – Ignorante, hai detto? Credo che faresti meglio a essere più gentile, principessina.

Con le piume tremanti, cercai di pensare a una formula paralizzante o a qualsiasi altra soluzione per liberarmi da quello scorbutico gatto.

In quel momento, però, Gerardo mi afferrò tra i denti. Mi divincolai per liberarmi, ma lui strinse ancora di più le mandibole. Quel gattaccio aveva fatto solo qualche passo, quando qualcosa gli si catapultò addosso all'improvviso, facendolo barcollare.

– Lasciala andare o sei un gatto finito! – disse una voce rauca. Gerardo mollò la presa in un secondo, facendomi cadere a terra come un piumino per la polvere.

Recitai più in fretta che potevo la formula per ritornare umana e mi voltai per ringraziare il mio salvatore. Non c'erano dubbi: il cagnolino bianco e marrone che mi fissava era Olefat, il mago che aveva rubato la memoria a mia nonna e che lei aveva trasformato in cane per punizione.

– Grazie davvero – gli dissi sistemandomi il vestito.

Olefat mi lanciò uno sguardo dal basso e si voltò senza rispondere.

Avevo capito perché quel mago a quattro zampe mi aveva aiutata: *Compi tre atti di bontà per uno straniero in difficoltà, e l'incantesimo si spezzerà*, diceva la formula che lo costringeva a mangiare ossa e a inseguire gatti antipatici.

A quanto pare Olefat stava cercando di spezzare l'incantesimo.

– Chi va là? – gracchiò nonna Ortica comparendo tra le tendine di zucchero filato.

– Sono Emma, nonna! Passavo di qua e...

– Non sei mai stata brava a dire bugie, Esmeralda – tagliò corto lei, aprendo la porta di torroncino. – Scommetto che sei venuta per fare domande! Stai ancora cercando un sistema per sconfiggere la maledizione, vero?

A volte mi sarebbe piaciuto avere una famiglia come tutte le altre, con una nonna che ti accoglie con un bacio in fronte e magari anche una torta di mele pronta nel forno.

La fame aumentava e iniziava a brontolarmi lo stomaco.

Anche la nonna doveva averlo sentito perché, dopo aver fatto una smorfia, sbottò: – Adesso magari vorrai anche qualcosa da mangiare... –. Senza aspettare la risposta, si allontanò a grandi passi verso la cucina, puntò il dito aguzzo verso la panca accanto al camino e mi ordinò di sedermi. Poi spezzò una parte del davanzale e me lo lanciò tra le mani.

Era pan di zenzero magico, che resta fresco per anni. Il suo sapore dolce e un po' piccante mi fece avvertire un formicolio in bocca.

– Allora, che cosa volevi chiedermi? – mi incalzò subito dopo.

– Cosa sai dirmi di Adele, la prima Strega Verde?

– Nulla di nulla. E a te non dovrebbe interessare – rispose la nonna dandomi un altro pezzo di davanzale. Sapevo che non sarebbe stato facile, ma le cose si stavano mettendo anche peggio di quanto mi aspettassi.

Stavo già per rinunciare, quando decisi di fare un ultimo tentativo. – Potrei sempre chiedere a Gelsomina... Sai, la zia dice che ormai lei è diventata la strega più potente di tutte – dissi, vergognandomi un po' del mio piccolo inganno. La nonna non sopportava che qualcuno sfidasse i suoi poteri. Nemmeno sua figlia.

– Cos'hai detto?! Davvero Gelsomina sa come sciogliere la maledizione? Figuriamoci!

Era fatta: la nonna ci era cascata!

– Hai detto Adele, la prima Strega Verde? – cominciò, accomodandosi su una grossa poltrona di velluto rosso. – Beh, Adele era figlia di Re Verdonio Terzo, o forse era Quarto? A ogni modo, di qualunque Verdonio si trattasse, fu lui a costruire il castello dove abiti tu. Dicono che il talento per la magia della tua antenata derivasse dalla famiglia materna. Ma questo è ovvio: nella nostra famiglia solo le donne possiedono doti magiche.

– Quale parte del castello fu costruita da Re Verdonio? – domandai, ricordando le raccomandazioni di Diverticola.

– Usa la testa, Esmeralda: è ovvio, la parte più antica!

Decisi di approfittare della situazione: – Pensi che nel castello ci sia ancora qualche oggetto che apparteneva a Re Verdonio? Magari un'armatura, un boccale, o forse un mobile?

– Ce n'erano in abbondanza, fino al giorno in cui tua madre diventò regina. Lei detesta le cose vecchie, lo sai! Fece ripulire il castello da cima a fondo. Staccò perfino ogni quadro dalla galleria dei ritratti. In tutta la reggia ormai credo che non ci sia nulla che abbia più di duecento anni.

Un po' delusa, cambiai discorso. – Nonna, ci sarai al torneo?

– Puoi scommetterci! Sai che adoro i tornei! – esclamò lei. Poi si fermò un attimo a pensare. – Un momento, ma di quale torneo parli?

– Di quello che mio padre ha organizzato per la settimana prossima. Sai... vengono anche i genitori di Genio.

– Genio? Vuoi dire quel tuo amico grassoccio con le orecchie a sventola?

– Nonna, Genio non ha le orecchie a sventola!

– Oh! Direi proprio di sì! Comunque non mancherò. O almeno credo. Aspetta, lo chiedo alla mia scodella magica...

Dopo aver versato un mestolo d'acqua in una vecchia ciotola sbeccata, nonna Ortica cominciò a scrutarla.

– Vediamo... – mormorò affondando il lungo naso nella scodella. – Un torneo... Ci sarò? Oh, ecco Genio con le sue grandi orecchie a sventola. Guarda, Emma, c'è anche tua madre, agghindata alla perfezione come sempre. Vedo una coppia di vecchie streghe stravaganti... Aspetta, quella laggiù sono io! Sì, ci sarò. Mmm, però devo dirti che vedo dei problemi, ragazza mia. Qualcosa andrà storto con la magia...

Quasi mi strozzai con il pan di zenzero: la stessa profezia fatta da Pupilla!

– Un'altra strega oggi mi ha detto la stessa cosa. Non riesci a vedere di più? – chiesi allarmata.

– Lasciami guardare. Ci sarà...

Con un tonfo Gerardo atterrò sul tavolo, proprio accanto alla scodella. Poi ci ficcò il muso dentro e cominciò a bere di gusto. Qualsiasi cosa la nonna stesse guardando, scomparve immediatamente nei cerchi dell'acqua.

– Ignorante di un gatto! – ringhiò la nonna afferrando Gerardo per la collottola e depositandolo fuori dalla finestra. – Dì un po', sto preparando i biscotti di ali di coleottero. Ti andrebbe di restare a cena? – mi chiese poi come se la profezia non avesse alcuna importanza.

Il mio stomaco si rivoltò al solo pensiero. – Ehm... Veramente si sta facendo tardi. Dovrei volare a casa prima che faccia buio – dissi alzandomi in fretta. – Sai com'è... non sono ancora esperta nel volo notturno.

La nonna si fermò a fissarmi con un grosso cucchiaio in mano. – Ecco, lo vedi? Finalmente mi decido a fare i biscotti come tutte le altre nonne, e tu te ne vai!

Staccò un pomello di zenzero dalla finestra e me lo incartò in una ragnatela.

– Ah, salutami il tuo amico con le orecchie grandi, eh? – urlò mentre decollavo dalla radura. – Sarò anche una vecchia strega scorbutica, ma l'ho capito che quel tipo ti piace parecchio!

La finestra della torre era ormai vicina. Stavo già pensando alla mia soffice poltrona vicino al caminetto, quando ricordai che non potevo ancora distrarmi. Gelsomina si era divertita a riempire il castello di creature mostruose. E una di quelle stava proprio nel fossato, pronta ad acchiapparmi mentre volavo tranquilla verso il mio appartamento. Vidi i suoi tentacoli melmosi agitarsi nell'aria. Uno quasi mi sfiorò... Per fortuna non persi l'equilibrio. «Altrimenti addio finestra. Addio torneo e, soprattutto, addio Genio» pensai mentre cercavo di allontanarmi dall'acqua fangosa battendo furiosamente le ali.

Un occhio a palla mi stava già fissando da vicino, quando mi ricordai una formula che avevo usato contro altri mostri:

*Trova il mostro ch'è nel fosso,*
*che lui fugga a più non posso.*
*Lancia poi i suoi amici strani*
*sui pianeti più lontani.*

Non era un granché come incantesimo, ma funzionò: i tentacoli sparirono in un secondo e subito dopo dalle acque del fossato emersero le creature più orribili, che si proiettarono come razzi verso il cielo.

Il mio canarino d'oro cinguettò emozionato quando entrai dalla finestra e mi ritrasformai nella solita Emma. Finalmente ero a casa!

– *Lucente!* – esclamai schioccando le dita verso i globi di luci stregate che galleggiavano sul soffitto.

Seguita dal dolce scintillare delle lampade magiche, mi misi subito a cercare: nascosta in fondo al mio baule c'era la bottiglietta con l'alito di drago, la sostanza più potente che mi fosse mai capitata tra le mani.

Ecco che cosa avrei usato per rafforzare i miei poteri!

Sollevai la fialetta, dentro cui si mischiavano bagliori rosa, azzurri e d'oro. La infilai nella borsetta di seta che tenevo attaccata alla cintura e afferrai il mio mantello più caldo. Mancava meno di una settimana al torneo, e non potevo certo perdere tempo.

Mentre scendevo le scale di corsa, mi accorsi che dal Salone Grande provenivano voci e chiacchiere. Incuriosita, sbirciai da dietro il tendone di velluto rosso.

– Esmeralda! – mi chiamò mio padre con un gesto elegante. – Dove eri finita? Unisciti a noi, abbiamo ospiti.

Seduto accanto a papà c'era un uomo di mezza età dalla faccia gentile e dai capelli castani un po' brizzolati.

– Silvano! – esclamai. Prima che mia nonna lo trasformasse in lontra, molto prima che io nascessi, Silvano era stato un apprendista mago. Da quando era tornato umano, l'ex fidanzato di zia Gelsomina aveva ripreso a esercitarsi con la magia, e ora stava diventando piuttosto bravo. – Che piacere rivederti – dissi felice. – Resterai con noi per un po'?

– Solo qualche giorno – rispose Silvano. – Ma tornerò presto: tuo padre mi ha appena invitato al torneo.

– Fantastico! –. Avevo fatto amicizia con Silvano durante i mesi che aveva passato al castello, e mi era molto simpatico.

– Esmeralda, vieni, siediti accanto a me – disse a quel punto mia madre. Improvvisamente mi ricordai della sarta. Come avrei fatto a confessarle che non avevo provato nemmeno uno degli abiti nuovi perché stavo volando sopra la foresta incantata? – Hai fatto le prove dalla sarta, vero? – chiese lei, come leggendomi nel pensiero.

– Stavo per farlo, madre… Ma poi sono dovuta volare via.

Per fortuna la mamma non mi stava ascoltando: uno scudiero era appena entrato annunciando l'arrivo del principe Eugenio di Bellavista Superiore.

– Sembra che il tuo promesso sposo sia arrivato prima del previsto, Esmeralda – mormorò nervosa. – È nella stalla a sistemare il suo cavallo – aggiunse. – Cielo, Esmeralda, sistemati i capelli! Non vorrai riceverlo in questo stato?

Ci misi un po' a realizzare che Eugenio era tornato. Balzai in piedi di scatto e mentre mi precipitavo fuori dalla stanza, per l'emozione rovesciai due candelieri e inciampai nel tappeto… Genio era qui!

Entrai di corsa nelle stalle e lo trovai intento a strigliare Belpaese. Il mantello bianco del cavallo brillava come neve. Ferdi, la spada canterina di Genio, stava appesa ubbidiente accanto al suo padrone.

– Genio! – esclamai, con la voce che faticava a uscire.

Prima di rendermene conto, mi trovai tra le sue braccia. Ferdi non perse occasione e intonò subito una canzone, dondolando a ritmo di musica. Quali fossero le parole però non lo ricordo... In quel momento non capii più nulla, parola di principessa!

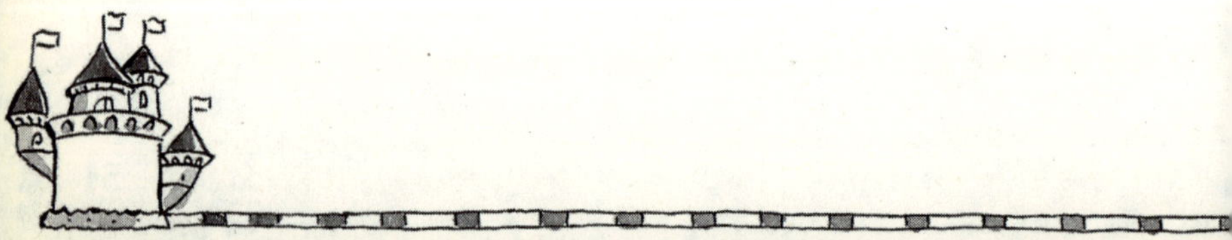

4

# Quattro chiacchiere tra i fantasmi

**Belpaese fissava** me e Genio con aria schifata: – Se dovete passare il tempo a baciarvi, allora cercatevi una stalla tutta per voi!

Scoppiai a ridere e andai ad accarezzare la criniera argentata di Bel. Un attimo dopo, però, tornai a guardare il mio principe: com'era diverso dall'ultima volta in cui lo avevo visto! In pochi mesi Eugenio era diventato molto più alto, i suoi boccoli castani erano più lunghi del solito e la sua pancetta tonda era quasi del tutto scomparsa. Se la nonna lo avesse visto ora, non lo avrebbe riconosciuto.

– Come stai? – mi chiese Genio con una voce profonda che non sembrava nemmeno la sua.

– Benissimo, ora che sei tornato. Che bella sorpresa mi hai fatto!

– Non avrei resistito un giorno di più lontano da te. I miei volevano che facessi il viaggio con loro, ma io li ho preceduti dicendo che dovevo assolutamente aiutare una fanciulla in pericolo.

– Ah, sì? E chi sarebbe questa fanciulla? – chiesi un po' ingelosita.

– Tu! Non hai detto che non potevi sopravvivere lontano da me?

– Veramente non l'ho mai detto – risi io. – Ma ora che mi ci fai pensare...

– Ecco, vedi? Era una missione della massima urgenza. Sai, ho raccontato ai miei che sei bellissima – aggiunse poi facendosi serio.

– E cos'altro gli hai detto? –. Mi stavo praticamente sciogliendo, ma cercai di darmi un contegno.

– Ovvio: che sei l'unica donna con cui potrei vivere felice per sempre – dichiarò Genio. – E che hai una zia un tantino eccentrica.

– Oh, zia Gelsomina! Quasi me ne stavo dimenticando! Ho un sacco di cose da dirti! Dunque, vediamo... Mi sono trasformata in colomba e ho sorvolato la foresta incantata, ho conosciuto Diverticola, la sorella di Pupilla, e le ho fatto mille treccine (una faticaccia!), ho scoperto che dovrò viaggiare nel tempo per conoscere la formula esatta della maledizione che ha colpito la mia famiglia... Ah, poi nonna Ortica ha visto nella ciotola che verrà anche lei al torneo, dove però tutto andrà storto per via della magia, poi...

Genio alzò le mani in segno di resa. – Ferma! Una cosa alla volta, ti prego...

Presi fiato e gli raccontai tutto da capo, e quando spiegai che avrei dovuto viaggiare indietro nel tempo per scoprire le parole esatte della maledizione che una fata aveva scagliato contro Adele e le sue discendenti, Genio impallidì.

– Tu sai viaggiare nel tempo? – chiese sbalordito.

– Secondo Diverticola posso farlo. Mi serve solo un oggetto che provenga da quel periodo e qualcosa che rinforzi i miei poteri. Porterò con me la fialetta di alito di drago, ti sembra una buona idea? – dissi d'un fiato.

Genio si grattò la testa, confuso. – Scusa, Emma, ma di che periodo stiamo parlando?

– Medioevo. Mai sentito nominare? Ma prima devo assolutamente vedere zia Gelsomina. Lei potrebbe indicarmi un oggetto antico che mi aiuti a raggiungere l'epoca giusta.

– Uau! – esclamò Genio, con gli occhi che gli brillavano per l'emozione. – Viaggiare indietro nel tempo! Non credevo che mi sarebbe mai capitato.

– Genio, sarò *io* a viaggiare nel tempo. *Tu* resterai qui. Non è uno scherzo. E non so nemmeno se riuscirò a tornare indietro...

Eugenio sgranò gli occhi. – Non crederai che io sia corso qui una settimana in anticipo per passare il tempo con tua madre e le sue sarte, vero?! E poi non pensi ai cavalieri medievali? Metti che uno di loro veda una principessina bella come te tutta sola con il suo alito di drago: potrebbe rapirti, trascinarti al suo castello e costringerti a sposarlo! Mentre io sarei qui in un'altra epoca a morire di noia... Tu non andrai da sola. Non se ne parla nemmeno.

Ormai avevo imparato che era inutile stare a discutere con Genio. Così, mentre mi dirigevo alle segrete del castello, gli raccontai tutti gli altri dettagli.

Quando bussai alla porta della zia nessuno rispose, ma sentii qualcuno che si muoveva rumorosamente nella stanza. Incuriosita, socchiusi l'uscio e sbirciai all'interno.

Di nuovo nelle sue vesti di lucertola, Gelsomina stava inseguendo il porcellino d'India, graffiando il pavimento con gli artigli e dando poderosi colpi di coda tutt'intorno. Il povero animaletto squittiva disperato, cercando di arrampicarsi sul muro.

– Zia! – gridai, spalancando la porta proprio mentre la lucertola stava per avventarsi su di lui. – Smettila immediatamente! Come puoi mangiare quella povera creaturina?

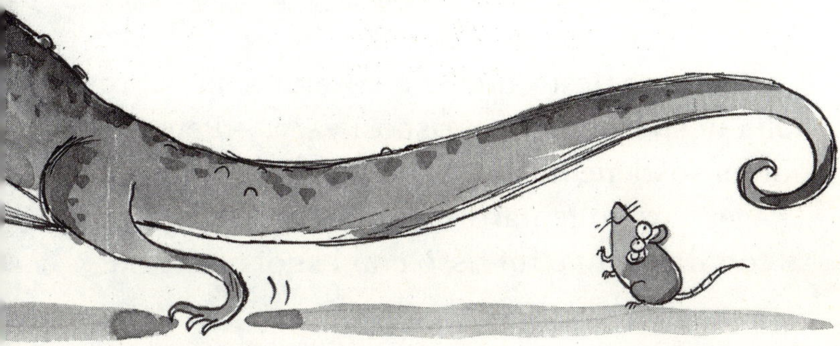

– Infatti non la mangerò, visto che mi hai interrotto – protestò lei. – Complimenti, lo hai fatto scappare! – gracchiò poi vedendo il porcellino che spariva in una crepa del muro. – E ora cosa mangio? –. La zia fissò Genio nella luce fioca. – Ma chi c'è con te? Non sarà mica quel babbeo di Genio? Se almeno fosse ancora un ranocchio, potrei sgranocchiare lui per merenda.

– Salve, Gelsomina – la salutò Eugenio per nulla offeso. – Ti vedo in forma…

– Risparmiami queste smancerie – tagliò corto la zia. Era ancora di cattivo umore per la fuga del suo spuntino.

– Volevo farti qualche domanda, – cominciai – ma se hai da fare...

– Certo che ho da fare. Devo procurarmi un nuovo pasto!

– Beh, all'inizio neanche la nonna voleva parlarmi, poi invece… – buttai lì con finta indifferenza.

Zia Gelsomina si grattò la fronte con un artiglio. – Hai visto mia madre?

– Le ho chiesto qualche cosetta sulla storia della nostra famiglia – risposi vaga. – Pensa, la nonna sostiene di saperne più di te…

Avevo usato le parole giuste. La zia si sedette con un tonfo e mi fissò con i suoi occhi gialli. – Ortica è un'ottima strega, ma fatica a ricordare che cosa ha mangiato a pranzo, figuriamoci se può eguagliarmi nella conoscenza del passato di questo castello!

– Certo... Perché non ci ho pensato prima? Tu devi sapere tutto di Adele, la prima Strega Verde. Suo padre era Re Verdonio Terzo. Giusto? O forse era Verdonio Quarto?

– Terzo – disse sicura Gelsomina. – E sua moglie era una popolana. Avanti, non te ne stare lì impalata come un manichino... Vammi a prendere quella ciotola di amanita muscaria in polvere! – ordinò. – Adele, dicevi? Beh, lei adorava i fiori e le piante: aveva un vero e proprio pollice verde.

– Nel castello potrebbe esserci qualcosa che era appartenuto a lei, oppure a uno dei suoi genitori? –. Andai verso lo scaffale dove mia zia teneva la maggior parte dei suoi ingredienti e passai in rassegna i contenitori.

– Perché lo vuoi sapere?

Per eludere la domanda presi il vasetto dell'amanita muscaria e lo agitai. – È quasi finita.

– Lo so. E me ne servono cinque cucchiai per il prossimo passaggio.

Zia Gelsomina si accorse che stavo sbirciando nel calderone e chiuse veloce il coperchio, ma io feci in tempo a vedere che dentro ribolliva una polverina scintillante.

– Mi serve altra amanita muscaria se voglio terminare la pozione. Tu non ne hai un po' da prestarmi, su nella torre?

– No, mi dispiace, non tengo...

Gelsomina emise un grugnito. – Beh, dovresti. Potrebbe sempre servire! –. Poi ci spinse frettolosamente fuori dalla stanza.

Le informazioni che ci aveva dato Gelsomina non erano state molto utili. L'unica cosa che sembrava interessarle era l'amanita muscaria... Ma non avevo intenzione di darmi per vinta. Puntai il dito per accendere le torce alla parete, raccolsi la gonna e mi sedetti sui gradini del sotterraneo, facendo posto a Genio.

Poco dopo, una nebbiolina bluastra filtrò da una porta in fondo al corridoio. Diventando più densa, prese la forma di un vecchio dai capelli lunghi e grigi e dal portamento regale.

– Qualcosa non va, mia piccola Emma? – domandò il fantasma quando mi fu vicino.

Mi rannicchiai ancora di più nel mantello, perché l'aria si era fatta gelida. – Nonno! – esclamai. – Genio, ho l'onore di presentarti mio nonno, Re Albino il Saggio.

– L'ho già visto in giro per il castello, – disse il nonno, accarezzandomi la guancia con uno sbuffo di aria fredda – ma nessuno ci ha mai presentati ufficialmente. Ci si dimentica sempre di noi poveri fantasmi…

– Onorato, sire! – disse Genio.

Per essere la prima volta che parlava a un fantasma, se la stava cavando piuttosto bene.

Del resto mio nonno era adorabile anche così. Quando nonna Ortica era rimasta vittima della maledizione, l'aveva spedito nei sotterranei. Lui si era trovato piuttosto bene e aveva finito per rimanerci.

– Piacere di conoscerti, giovanotto – disse con un profondo inchino. – Emma, hai qualche problema? Forse posso aiutarti…

Gli raccontai quello che avevo scoperto da Diverticola. – Adesso mi serve un oggetto appartenuto ad Adele, oppure a suo padre – conclusi.

Un sospiro gelido mi sfiorò il collo. – Verdonio Terzo? Vediamo… – mormorò il nonno. – Mi dispiace, Emma, non mi viene in mente nulla della sua epoca. Ma conosco qualcuno che potrebbe aiutarti. Ora devo andare. Torna domani e cercherò di fartelo trovare qui.

Lasciammo il nonno con la promessa che ci saremmo incontrati la mattina dopo nelle segrete. Poi diedi la buonanotte a Genio, che si era quasi addormentato appoggiato a un'armatura, e mi avviai nella mia camera piena di pensieri.

La mattina dopo mi alzai di buon'ora e preparai l'occorrente per il mio viaggio nel tempo: un pezzo di spago, una candela, la fiala di unguento protettivo che mi aveva regalato Rodolfo, il draghetto che Genio e io avevamo conosciuto nella foresta, e naturalmente la bottiglietta di alito di drago.

Lo spago avrebbe potuto trasformarsi in una corda e la candela in una lampada magica. L'unguento sarebbe stato la mia cassetta del pronto soccorso e l'alito di drago mi avrebbe aiutato ad arrivare a destinazione e a tornare indietro.

Appesi la sfera magica più piccola che avevo a una catenina intorno al collo, diedi da mangiare al canarino e andai da Nina. Avevo deciso di non raccontare nulla a mia madre. Qualcosa mi diceva che non sarebbe stata d'accordo…

– Ehi, sei in partenza? Si può sapere dove stai andando? – mi chiese la pipistrellina, dondolandosi dalla sua trave preferita.

– Vado a cercare l'antidoto per la maledizione.

– Posso venire anch'io? – chiese lei svolazzandomi freneticamente intorno.

– Puoi accompagnarmi fino al sotterraneo. Poi io devo andare in un'altra epoca e...

– Troppo lontano, in effetti – tagliò corto Nina con uno sbadiglio. – Ti aspetterò nelle segrete.

Genio invece mi aspettava nel Salone Grande e insieme scendemmo nei sotterranei.

Quando trovammo il nonno, con lui c'erano due fantasmi che non avevo mai visto prima.

– Emma, ho il piacere di presentarti Messer Bortolo – disse il nonno. Il fantasma indossava un berretto a punta, una tunica corta e delle pesanti calzamaglie passate di moda da un bel pezzo. Ma non sembrava affatto a disagio: anzi, mi sfiorò la mano con uno sbuffo di aria ghiacciata e gonfiò il petto soddisfatto. – E questo è il suo amico Ubaldo. Lavorava nelle stalle di Verdonio Terzo – aggiunse nonno Albino.

Osservai il secondo fantasma: era curvo e anziano, con lunghi capelli annodati in una coda. Aveva la tunica lacera e i piedi nudi. E la grossa catena d'oro finemente cesellata che portava al collo sembrava del tutto fuori luogo.

– Vorrai dire *Re* Verdonio, giovanotto – puntualizzò Ubaldo.

Messer Bortolo diventò ancora più bianco di quanto già era. – Lo scusi, maestà! Ubaldo non voleva offenderla. Da quando, qualche mese fa, sono scese le guardie e hanno aperto il coperchio del trabocchetto, non è più lo stesso fantasma.

Il trabocchetto era una specie di buco nel pavimento che si trovava nella cantina più profonda del castello, chiuso da una grata metallica arrugginita da tempo immemorabile. Era lì che gli antichi re gettavano i prigionieri. Dimenticandosi il più delle volte di andare a riprenderli.

– Ubaldo, sentendo quel rumore di chiavi e ferraglia, ha pensato che finalmente qualcuno si fosse ricordato di lui e fosse venuto a liberarlo. Un po' in ritardo, se posso dire la mia. La sua memoria a volte gli gioca qualche scherzo, sapete... Ubaldo, – disse poi con fare paziente rivolto al suo amico – questo è Re Albino. Vi siete già incontrati, ricordi?

– Ma quale re! – insistette il fantasma. – È Verdonio Terzo l'unico re. Se non lo so io, che ho lavorato nelle sue stalle per quarant'anni...

– In effetti era così, Ubaldo, ma secoli fa! Ora il re è Lanolino il Coraggioso. E questo è suo suocero, Re Albino. Gli piacerebbe molto farti qualche domanda.

Quel vecchio fantasma confuso mi faceva tenerezza. – A dire il vero, – intervenni – sono io che ti voglio parlare, Ubaldo. Mi chiamo Esmeralda e mi interessa molto sapere qualcosa su

Re Verdonio Terzo. Che cosa puoi raccontarmi di lui o di sua figlia Adele?

– La *Principessa* Adele, vorrai dire! –. Il fantasma si illuminò. – È una ragazza bellissima. Per essere precisi, molto più bella di te. Ha splendidi capelli biondi intrecciati, occhi color dell'acqua cristallina e la pelle liscia come seta. Dimenticavo, ha il pollice verde: riesce a fare crescere qualsiasi pianta. Potessi morire di nuovo, se un giorno non l'ho vista con i miei occhi far crescere un melograno sul muro della stalla! Ha talento, la nostra principessa, puoi scommetterci! È stata lei a donarmi questo medaglione appena prima della Grande Festa – esclamò Ubaldo, tirando fuori la grossa catena d'oro, anch'essa semitrasparente, da sotto la tunica. – Disse che era per il mio coraggio. Non me lo sono mai tolto, sai? –. Poi, guardandomi come se da un momento all'altro volessi strappargliello dalle mani, si rinfilò il gioiello sotto la tunica logora.

– È davvero un bel medaglione! – commentai cercando di assecondarlo. – La principessa è stata molto gentile a donartelo. E di Re Verdonio ricordi qualcosa?

Appena pronunciai queste parole il vecchio fantasma tremò e si sfocò fino quasi a sparire.

– Perché fai tante domande? Non sarai mica una spia, vero? Ma certo! Il castello pullula di spie... E tu, scusa la sincerità, non hai proprio l'aria di una principessa. Chiamerò le guardie!

– Adesso calmati, Ubaldo – intervenne Messer Bortolo cingendogli le spalle. – Qui non c'è nessuna spia! –. Poi ci spiegò: – Verdonio fece gettare Ubaldo nel trabocchetto dopo che dal castello scomparve misteriosamente del denaro. Non ricordo esattamente come andò... Ubaldo era innocente, ma si trovava in un posto in cui non doveva stare. Comunque sia, deve essere stato terribile passare tanto tempo in quella buca.

– Io laggiù non ci torno! – gridò Ubaldo spaventato.

– Nessuno vuole farti del male! – lo rassicurò l'altro fantasma. – È ora di andare, adesso. Buona giornata, Vostre Altezze! – disse Bortolo inchinandosi profondamente.

Appena i due fantasmi furono scomparsi, Nina venne a posarsi sulla mia spalla. – Brrr, che freddo! Torniamo nella torre, Emma?

– Penso che Emma abbia altri progetti... – intervenne il nonno.

Io lo fissai stupita. – Nonno, allora anche tu capisci il linguaggio di Nina?

Lui annuì. – Piuttosto bene, direi. Anche se

francamente i discorsi di una pipistrellina non mi interessano granché...

– Com'è possibile? – esclamai. – Credevo che solo le streghe e quelli che si sono trasformati almeno una volta in animali potessero capire le loro parole.

– Esatto – rispose lui. – Quando la maledizione di famiglia colpì tua nonna e lei mi spedì nelle segrete, mi trasformai per qualche giorno in un topo. Da allora riesco a parlare con gli animali. Conosco ogni singola creatura in questo sotterraneo, viva, morta o stregata. È stato un millepiedi a raccontarmi di Ubaldo. A proposito, mi dispiace che non ti sia stato di grande aiuto.

– Ti sbagli, nonno. Mi ha detto esattamente quello che volevo sentire. Ora so dove devo andare. Puoi accompagnarmi al trabocchetto?

– Non è un bel posto, Emma – rispose serio il nonno. – Perché vuoi andare proprio lì?

– Se Ubaldo ha passato tanto tempo in quella prigione, credo che quello sia il posto giusto dove cercare un oggetto del passato – risposi cercando di ignorare i brividi che mi correvano lungo la schiena.

Prima che il terrore mi paralizzasse, tirai la tunica trasparente di mio nonno e mi avviai nel corridoio buio con passo risoluto.

# 5

# Al museo nemmeno morti!

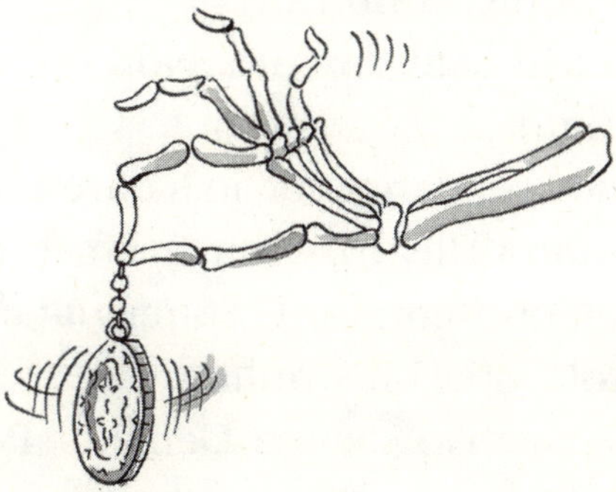

**Nina Puzzina osservò** la grata di metallo che chiudeva il trabocchetto. – Scenderò io per prima! – esclamò.

Poi, sbattendo le ali, mi girò intorno e si gettò in picchiata nel buio.

– Qui sotto non c'è proprio niente di *spaventevole*! – gridò poco dopo dal basso. – Solo un mucchio di vecchie ossa!

– Si dice "spaventoso", Nina. E non mi hai certo tranquillizzata! Aspettami, sto scendendo – gridai, afferrando il pezzo di spago dalla borsina di seta. – *Crescispago!* – dissi, e con un sibilo il filo sottile si stiracchiò fino a diventare una corda lunga e resistente. Un'estremità si fissò al muro, l'altra si lasciò cadere nella buca. Poi modellai con un pezzo di candela una lampada magica.

– Uau! Ma sei diventata una vera strega! – esclamò Genio ammirato.

Io arrossii leggermente. Non ero abituata ai complimenti!

– Voglio scendere anch'io a dare un'occhiata – disse il nonno allegro. – Magari incontrerò qualcuno che conosco... –. E volteggiando attraverso la botola, sparì nel nulla.

– Vado anch'io – disse Genio. – Potrebbe esserci qualcosa da mettere sotto i denti... – scherzò mentre si aggrappava alla corda e si tuffava nell'apertura.

– Ti raggiung... –. Stavo per seguirlo anch'io, quando inciampai con il piede nella grata e caddi nel buco. Feci appena in tempo ad aggrapparmi alla fune, ma quella si mise a ondeggiare sempre più forte e io fui sul punto di capovolgermi. La lampada stregata mi balzellò intorno come impazzita.

– Emma, non potevi scendere con calma come tutti gli altri? – gridò Genio mentre io ero ancora sospesa a mezz'aria. – Lasciati andare, ti reggo io – disse poi.

Ma la corda ondeggiava paurosamente e io non avevo nessuna intenzione di mollarla.

Nina mi svolazzava intorno, così vicina che le sue ali mi sfioravano la faccia. – Divertente! Saresti un ottimo pipistrello – disse. – Io ti capisco: che gusto c'è a scendere aggrappati a una corda? Meglio fare un bel volo!

– Tutto bene? – chiese il nonno.

– Sì, grazie – risposi con voce forzata. – Mi è sempre piaciuto dondolare nei pozzi oscuri. Anzi, credo che me ne starò appesa qui per un altro po'.

Genio alzò le braccia e mi afferrò le gambe. – Va tutto bene, Emma. Non cadrai.

– Prova a convincere le mie dita.

– Ho capito, ti aiuto io – sbuffò Nina. E prima che qualcuno potesse fermarla mi assestò un piccolo morso sul mignolo.

La mia mano mollò immediatamente la presa, e quando caddi tra le braccia di Genio mi sentii subito molto meglio.

– Brava, Nina! Forse non era il metodo migliore, ma ha funzionato – si complimentò Genio stampandomi un bacio sulle labbra.

– Bleah! – inorridì la pipistrellina. – Dovete proprio farlo davanti a me?

Genio rise. – Siamo quasi fidanzati, sai?

– Genio, quando avrai finito di discutere con Nina, potresti farmi scendere? – dissi. – Abbiamo un compito importante da svolgere, non siamo mica in gita!

– Già. Me ne sono accorto – sospirò lui. – Se fossimo in gita ci sarebbero panini, tartine e magari anche un bel pollo in gelatina!

Genio era cresciuto, ma la sua passione per il cibo non sembrava affatto diminuita.

Appena toccai terra, mi guardai subito intorno. Contro una parete vidi uno scheletro che se ne stava sdraiato come se dormisse. Dall'altra parte, riposte ordinatamente, c'erano delle coppe dorate e dei mucchi di ossa. E una piramide di teschi che mi fissava da un angolo.

– Ehi, questo posto non mi piace affatto! – rabbrividì Nina. – Emma, ti dispiace sbrigarti? Vorrei tornare al calduccio della torre...

– Prima devo trovare quello che mi serve – risposi. – Ma da quando in qua hai paura degli scheletri?

– Io non ho paura, Emma! – disse piano Nina per non spaventarmi. – È che queste ossa... ecco, si comportano in modo strano. Vedi?

In quel momento una mano scheletrica mi avvolse le dita intorno al polso.

Mi divincolai per liberarmi.

– Ehi, vacci piano! – disse allora un teschio dal mucchio.

– Già, non hai rispetto per noi resti anziani? – chiese un altro dondolando.

– Al ladro! C'è una profanatrice di tombe! – strillò un terzo.

– Di certo vuole venderci a un museo... – si agitò un quarto che portava un grosso collare di seta.

– *Un museo?!* MAI! Che noia *mortale*! – gridarono in coro tutti gli altri.

Genio portò la mano all'elsa della sua fedele spada. – Emma, fai un passo indietro e lascia fare a me – dichiarò sguainandola. Ma Ferdi si era già messa a cantare:

*Vinco gli orchi in una mossa,*
*combatto ogni mostruosa creatura.*

*Ma davanti a queste ossa*
*troppo grande è la paura...*

– Oh no, ci risiamo! – esclamò Genio sconsolato.

Ferdi, la spada che Genio aveva comprato al mercato magico, odiava la violenza e si rifiutava categoricamente di combattere. E a me era simpatica anche per questo.

– Grazie, Genio. Ma credo che me la caverò da sola – dissi. Con decisione, posai a terra la mano che mi aveva afferrato il polso. Quella cercò di pizzicarmi, mentre un'altra mi tirava la manica. Poi un rumore improvviso mi fece alzare la testa.

– Uno per tutti, tutti per uno! – strillava un teschio dalla mandibola sporgente battendo rumorosamente i denti.

– Al museo nemmeno morti! – risposero gli altri in coro.

– Ragazzi, calma… Non mi interessano le ossa – dissi cercando di tranquillizzarli. – Voglio solo prendere in prestito un medaglione.

– Ecco, l'avevo detto io che era una ladra… – borbottò un vecchio teschio.

– Che genere di medaglione? – domandò a un certo punto un cranio timido, che si nascondeva tra gli altri.

– Una specie di medaglia al valore, d'argento, credo. Apparteneva a Ubaldo, qualcuno lo conosce? Era lo stalliere di Re Verdonio Terzo.

– Ah, cerchi *quel* medaglione... – esclamò un teschio. E tutti gli altri presero ad agitarsi, cozzando l'uno contro l'altro come uova in un cesto.

– Emma, attenta! – strillò Nina all'improvviso. Mi voltai appena in tempo per vedere lo scheletro che si alzava in piedi. Barcollando sulle gambe malsicure, alzò le braccia, cercando la mia gola con le mani tremolanti.

– Oh, smettila! – dissi io dandogli uno spintone. Lo scheletro cadde con un tonfo. Doveva avere la testa poco salda, perché rotolò per terra fermandosi contro la parete opposta.

– Ti sta bene! – gridò un teschio in mezzo al mucchio.

– Già, ti dai sempre un sacco di arie solo perché sei tutto intero! – gridò un altro dal fondo.

– Davvero la pensate così? – chiese il teschio mortificato, rotolando nuovamente in cima allo scheletro.

Spazientita, misi le mani sui fianchi e fulminai i teschi con un'occhiataccia. – Ora basta con questo baccano! Sono qui per una ricerca importante e apprezzerei molto se mi lasciaste lavorare in pace.

– Forse dovremmo andarcene – azzardò Nina.

I teschi si zittirono di colpo.

– Che caratterino, non si può nemmeno scherzare un po'... – bisbigliò uno dal mucchio.

Il nonno prese a galleggiare nella stanza: il suo contorno blu diventava sempre più grande e luminoso. – Forse loro ti potrebbero aiutare – mi disse poi, fissando la fila immobile di crani. – Qualcosa mi dice che loro sanno dove potresti trovare il medaglione.

– E perché mai dovremmo aiutarla? – chiese una voce petulante.

– Se non lo farete – minacciò allora il nonno strizzandomi l'occhio – vi porterò tutti al Luna Park del Terrore.

– Il Luna Park del Terrore? – gridarono i teschi in coro.

– Bambini che urlano...

– Mamme terrorizzate...

– Interminabili turni di lavoro nella Casa Stregata senza nemmeno un po' di riposo...

– Va bene, consegneremo il medaglione alla ragazza, – disse il portavoce – ma quando avrà finito di usarlo dovrà restituirlo al legittimo proprietario.

– Sono qui – disse una vocetta soffocata che immaginavo provenisse dal teschio di Ubaldo.

Il mucchio di ossa tremò e cominciò a muoversi lentamente. Alcune cadevano dalla cima e altre spingevano da sotto. Finalmente una mano ossuta che stringeva il gioiello emerse in superficie. Annerito dagli anni, il medaglione era uguale a quello trasparente che avevo visto al collo del fantasma.

– Mille grazie! – dissi afferrandolo. – Siete davvero dei teschi simpatici. E mi siete stati di grande aiuto.

Frugando nella tasca, presi la boccetta di alito di drago. Ora avevo tutto il necessario, compreso un luogo riparato che esisteva già nell'epoca in cui dovevo andare. Forse una prigione non era l'ideale per cominciare un viaggio nel tempo, ma dovevo accontentarmi.

– Fai attenzione, mia cara – mi avvisò il nonno. – Il passato non è un luogo da sottovalutare.

– Non preoccuparti. Sarò di ritorno prima che ve ne rendiate conto.

Genio mi venne accanto e mi posò una mano sulla spalla. – Non si preoccupi, Maestà. Veglierò io su di lei – disse per rassicurare il nonno.

Io aggrottai la fronte e scossi la testa. – Te l'ho detto, Genio: non puoi venire.

– E io ti ho già risposto che verrò lo stesso – insistette lui.

– Non si sa cosa potrei trovare nel passato e...

– Appunto – concordò Genio. – Dunque hai bisogno di me! Non ti ho forse salvato poco fa, quando ti sei esibita nel "salto nel buco"?

Spostai la sua mano dalla mia spalla e mi scostai di un passo, decisa ad allontanarmi ancora di più quando la formula avrebbe iniziato a fare effetto.

Diverticola aveva detto che mi serviva qualcosa per rinforzare i miei poteri, ma non aveva precisato la quantità. L'alito di drago era molto potente: decisi di farne uscire solo un soffio, sperando che bastasse. Tenendo il medaglione in una mano, stappai per un attimo la bottiglietta e pronunciai la formula che mi ero preparata:

*Portami al giorno della festa,*
*quando Adele perse la testa.*
*Quando per colpa di una fata offesa*
*ebbe inizio quest'ardua impresa.*

Stavo pronunciando l'ultimo verso, quando Genio mi balzò vicino e la prigione scomparve. Ci trovammo risucchiati in una galleria buia, come sospinti da un forte vento. Un rombo di tuono mi riempiva le orecchie e la mia lampada stregata era scomparsa. Non si vedeva più nulla.

# 6

# In viaggio nel tempo

**Dovevo ammetterlo**, ero contenta che Genio avesse tanto insistito per accompagnarmi. Volavamo abbracciati, quando qualcosa ci sospinse attraverso uno strato di aria calda. Precipitammo per molti metri (o forse dovrei dire "per molti anni"), fino a sbattere contro una superficie di pietra dura e fredda. Senza fiato, restammo per un po' stesi sul terreno, troppo indolenziti per poterci alzare.

– Cos'è stato? – gracchiò una voce nel buio. – Sto sognando, oppure i topi qui dentro sono cresciuti un bel po'?

Dovunque fossimo approdati, non eravamo soli. Mi tastai le gambe e le braccia, temendo di essermi rotta qualcosa, ma fortunatamente ero ancora tutta intera.

– Stai bene? – chiese Genio sistemandosi i capelli arruffati.

– Più o meno – dissi a bassa voce. – Ma mi sentirò meglio non appena saprò dove siamo sbucati. E soprattutto *quando*.

– Quello stupido incantesimo... – borbottò in quel momento una vocina conosciuta.

– Nina! – sussurrai soffocando lo stupore.

– Come hai fatto a indovinare? – disse lei. – Un attimo fa ero nel trabocchetto. Stavo finalmente per tornare nella torre, quando un vento terribile mi ha trascinata via, sbatacchiata e risputata qui. Si può sapere dove siamo? Non dirmi che abbiamo viaggiato nel tempo!

– Non ne sono certa – mormorai. – Ma è meglio se parli piano... Qui dentro c'è qualcuno.

Tremando come una foglia, la pipistrellina mi si accovacciò sulla spalla, mentre io scrutavo l'oscurità sperando in qualche spiraglio di luce. Alzando lo sguardo, vidi dei piccoli scacchi più chiari... Eravamo nel trabocchetto, anche se non sapevo ancora in quale epoca.

Qualcosa si mosse nel buio.

– Parla più forte! – disse la stessa voce di prima. – Perché non mi canti una canzone? Nell'ultimo sogno che ho fatto un menestrello mi ha cantato le imprese di un grande cavaliere. Mi ha fatto sentire come se fossi lì, a combattere i draghi con lui. Allora, che ne diresti di una canzone?

Genio alzò la voce e rispose: – Mi piacerebbe, signore, ma non ne conosco nessuna.

– Allora te ne canterò una io – rispose l'uomo nell'oscurità. – È la storia di come sono finito quaggiù. La vuoi sentire? –. Senza aspettare una risposta iniziò a cantare in modo così rauco e stonato che non sapevo se ridere o piangere:

*Il mio nome è Dagoberto,*
*tu straniero stanne certo...*
*Son rinchiuso nella fossa*
*per l'arrosto di fagiano:*
*quando cadde in testa al re*
*fece proprio un gran baccano!*

*La principessa, ormai sporcata,*
*esclamò assai indignata:*
*«Che accidenti hai combinato,*
*il vestito è rovinato!*
*In prigione, di filato,*
*tu sei proprio un imbranato!»*.

A sentire questa triste storia, la voglia di ridere mi passò di colpo. Forse aveva ragione il nonno: con il passato non c'era proprio da scherzare.

– La principessa ti ha spedito nel trabocchetto solo perché hai fatto cadere un vassoio? – esclamai indignata.

Io sono sempre stata un po' maldestra, e non ho mai sopportato le ingiustizie.

– Il sugo di fagiano le ha macchiato il vestito. Non posso biasimare la principessa per essersi arrabbiata.

– Ma gettarti in questo buco... Ti ci ha spedito la Principessa Adele? – domandai.

Se era davvero stata la deliziosa principessina di cui parlava Ubaldo, di certo la maledizione doveva averla già colpita. Una fanciulla gentile come la dipingeva lo stalliere non avrebbe mai fatto imprigionare qualcuno solo per uno schizzo di sugo.

Ebbi un'illuminazione: forse Dagoberto aveva sentito la maledizione con le sue orecchie! In un castello le voci corrono in fretta e...

– La principessa è molto nervosa ultimamente, con tutti quei pretendenti arrivati al castello per il suo compleanno – rispose l'uomo. – È molto speciale, la nostra Adele. Certo, oserei affermare che sia stato un tantino esagerato spedirmi qui. A parer mio, si intende... Spero solo che finiti i festeggiamenti si ricordino di me. In fondo mancano solo due giorni alla Grande Festa... Ehi, vuoi sentire il resto della canzone?

*Ambarabacicicocò,*
*tre principesse sul comò*
*che baciavano ranocchi*
*e schiacciavano pidocchi!*

Mentre Dagoberto era impegnato a cantare, io mi fermai a riflettere. Dunque la festa non c'era ancora stata... Ero arrivata prima del previsto, forse perché non avevo dosato a sufficienza l'alito di drago. Mi rimanevano almeno due giorni per scoprire quello che aveva detto esattamente la fata.

Tentai di concentrarmi e analizzare la situazione. Ma non era facile, con Dagoberto che cantava a squarciagola.

– Non potremmo andarcene? – domandò Nina punzecchiandomi con l'ala. – Questo cantante mi sta assordando...

– Non è così semplice, mia cara Nina – sussurrai. – Non possiamo sbucare dove capita. Chissà chi potremmo incontrare...

– Non per contraddirti, Emma, ma non è quello che abbiamo appena fatto? – domandò Genio.

– E comunque non si vede un bel niente... – aggiunsi un po' indispettita.

– Vi guiderò io! – esclamò Nina Puzzina. – Certo, sarebbe molto meglio se poteste volare anche voi, ma...

– Sicuro! – sussurrai. – Ci trasformeremo in pipistrelli!

– *Pipistrelli?* – inorridì Genio.

– Qualcosa non va? – chiese Nina, offesa dalla sua reazione. – Hai saltato sotto forma di viscido ranocchio per un sacco di tempo e ora hai da ridire sui pipistrelli?

– I pipistrelli mi piacciono un sacco, davvero... È solo che... – cercò di giustificarsi Genio.

Non doveva essere difficile: dopotutto il giorno prima mi ero trasformata in colomba. Presi per mano Genio e mormorai la formula. Tanto Dagoberto cantava così forte che non mi avrebbe sentito neanche se avessi urlato.

*Pelo di seta,*
*ali palmate:*
*ora trasformaci*
*in creature alate!*

*Non api o pinguini,*
*non mosche né uccelli.*
*Noi diventeremo*
*due bei pipistrelli!*

Non riuscivo a vedere nulla, ma ne ero certa: l'incantesimo aveva funzionato. Ero diventata molto piccola e avevo il corpo e la testa coperti di soffice pelliccia. Una sottile membrana si stendeva tra le mie dita, che erano diventate lunghe e magre. Il pollice, più corto delle altre, si muoveva ancora liberamente. La membrana mi arrivava fino ai piedi, formando delle ali, e sulla punta delle dita dei piedi c'erano lunghi artigli ricurvi.

– Ottimo lavoro! – esclamò Nina. – Sei carina come pipistrello, Emma.

– E di me cosa dici? – domandò Genio perplesso.

– Non sei malaccio... – rispose la pipistrellina ancora offesa per prima.

Mi guardai intorno, sicura di riuscire a vincere l'oscurità. Ma tutto era nero come la pece.

– Nina, io non vedo niente! Credevo che i pipistrelli potessero vedere anche al buio...

La pipistrellina scoppiò a ridere. – Infatti vediamo perfettamente al buio, ma non con gli occhi! Noi emettiamo un suono, che ci trasmette di rimando una figura nel cervello. Se fossimo nel futuro, ti direi che abbiamo una specie di radar... Tu prova e vedrai che funzionerà.

Cercai di emettere qualche suono, ma non accadde nulla. Alla fine feci un piccolo verso gutturale, e poco dopo nella mia mente si formò l'immagine della parete che avevo di fronte.

Stranita, voltai la testa e ripetei il suono. Mi resi conto che l'altra parete era più lontana. Tenendo la bocca aperta, emisi quel verso più volte, finché non ebbi una chiara idea di come fosse fatto il trabocchetto: non c'erano ossa e la parete di fondo era robusta e asciutta. Genio, in un angolo, mi guardava tenendosi la pancia pelosa dal gran ridere.

Ora vedevo Dagoberto seduto contro la parete dall'altro lato della stanza. Naturalmente cantava a squarciagola.

– Siamo sicuri che lo abbiano chiuso qui dentro soltanto per un vassoio rovesciato? – commentò Genio tappandosi le orecchie.

– Nina, ci vedo! – esclamai. – È fantastico!

– Era ora! – esclamò la pipistrellina soddisfatta. – Cominciavo a pensare che voi umani foste un po' troppo sopravvalutati.

Cercai di battere le ali come avevo fatto quand'ero una colomba, ma le ali da pipistrello erano diverse... In più, se volevo vedere dove stessi andando, dovevo volare tenendo la bocca aperta per emettere suoni in continuazione. Anche Genio sembrava avere qualche problema e andò subito a sbattere contro la parete.

Quando finalmente passammo volando attraverso la grata, sentii Dagoberto cantare ancora la sua canzone. Genio e io facevamo di tutto per stare dietro a Nina, svolazzando lungo il corridoio e cercando di mantenerci lontani dalla luce che proveniva da alcune deboli torce.

Il portone di legno in cima alle scale era chiuso: dovevamo aspettare che passasse qualcuno e che ci aprisse la porta. Nel frattempo Nina ci mostrò come aggrapparci al soffitto con le zampe.

Starsene appesi a testa in giù era facile! E talmente comodo che avrei potuto anche addormentarmi. Mentre stavo per appisolarmi, una guardia coperta da una curiosa armatura aprì la porta in cima alle scale, facendo entrare una folata d'aria che ci fece ondeggiare paurosamente. Ci infilammo al volo proprio mentre l'uscio si stava richiudendo.

Senza che me ne rendessi conto, arrivammo nel Salone Grande. Era molto più buio e freddo del solito, ma era proprio la stessa stanza! Un gruppetto di donne chiacchierava in un angolo e due ragazzi seduti su una panca giocavano a scacchi. Alla vista di tutte quelle persone, Nina schizzò rapida verso una delle strette finestre in alto, che conosceva bene. Genio e io la stavamo seguendo, quando una delle donne strillò: – Bleah, un pipistrello!

– Aiuto! Sono in tre! – gridò un'altra, saltellando come una pazza.

Cercai di volare più in fretta, e avevo quasi raggiunto la finestra quando una pera mi sfiorò, andando a spiaccicarsi contro il muro e schizzandomi di polpa appiccicosa. Poi ne arrivò una seconda.

– Visto che cosa dobbiamo subire noi poveri pipistrelli? – mormorò Nina riparandosi sotto il cornicione della finestra.

Virai da un lato, sforzandomi di mantenere l'equilibrio, e vidi Genio che evitava una scarpa volante. Girai di nuovo per cercare di raggiungere Nina, ma mi ritrovai nel centro della sala.

– Aiuto! Vuole impigliarsi nei miei capelli! – strillò una ragazza, tirandosi l'orlo del mantello sopra la testa.

Confusa dalle grida, mi ritrovai a girare nervosamente avanti e indietro.

Improvvisamente una vecchia scopa di paglia mi colpì, scagliandomi dall'altra parte della stanza.

Prima che riuscissi a sbrogliare le ali, atterrai goffamente su qualcosa di molto peloso.

– Ce l'ho nei capelli! – gridò una voce stridula, così vicina da farmi male alle orecchie.

Mi divincolai per liberarmi, finché qualcuno cominciò a prendermi a schiaffi. Poi divenne tutto buio.

– Preso! – disse una voce maschile trionfante, mentre una mano mi si chiudeva intorno.

Aprii gli occhi: un ragazzo dai capelli lunghi mi stava osservando.

– Guardate! – disse ad alta voce. – Posso ucciderlo con una mano sola.

Senza neanche riflettere, gli assestai un bel morso sul pollice.

– Ahi, mi ha morso! – gridò lui, lasciandomi andare.

Finalmente io e Genio, che nel frattempo era stato inseguito da un paggio che voleva intrappolarlo con una cesta di vimini, raggiungemmo Nina sul cornicione.

«Meno male che non dovevamo attirare l'attenzione!» pensai mentre seguivo in volo la pipistrellina tra gli arazzi, mai visti prima, di casa mia.

# 7

# L'altra faccia di Boscoverdonia

Nina ci guardò scocciata: – C'era proprio bisogno di fare tutta questa confusione? Ricordate la regola numero uno di un pipistrello: mai farsi prendere dal panico.

– La fai facile tu! Anzi, sarà meglio filarsela, prima che quei maleducati ritornino e… Ehi, guardate laggiù! –. Genio rimase a bocca aperta con gli occhi fissi fuori dalla finestra.

I fiori, che da secoli erano stati banditi da tutto il territorio intorno al castello, adesso crescevano ovunque. Siepi rigogliose di rose decoravano tutto il giardino, e accanto sbocciavano centinaia di altri fiori, i cui nomi mi erano del tutto sconosciuti.

Le mura erano coperte di grandi fiori viola e le sponde del fossato traboccavano di splendidi fiorellini blu. Migliaia di altre piante, piccole e gialle, galleggiavano sull'acqua, mentre il viale che portava al ponte levatoio era circondato da boccioli bianchi e rosa.

Beh, perlomeno con tutte quelle piante trovare un posto riparato per trasformarci di nuovo in umani non doveva essere difficile...

Tirai Genio per un'ala e gli indicai un bosco di siepi fucsia che formavano un complicato labirinto. – Ecco un posto perfetto per tornare umani – dissi soddisfatta saltando dal davanzale.

Nina e Genio mi seguirono nel labirinto schivando api ronzanti e farfalle colorate. – E ora, addio pipistrelli! – dissi pronunciando la formula.

– Di già? – esclamò Nina delusa. – Proprio ora che cominciavamo a divertirci!

Prima che la pipistrellina finisse la frase, avevamo già ripreso il nostro solito aspetto.

– No, no e ancora no! Rubina non ha bisogno di un vestito nuovo. Madre, vi prego... Non è il *suo* compleanno – gridò stizzita una vocina sconosciuta.

Nina sobbalzò e, temendo che altri oggetti volanti fossero in arrivo, si infilò in un cespuglio.

– Dai, Adele! – rispose una voce paziente. – Non vuoi che anche tua sorella sia graziosa il giorno del tuo compleanno?

– Ho detto di no!

Mi bastarono pochi secondi per capire che la mia giovane antenata doveva avere un bel caratterino...

– Non importa, madre, – intervenne un'altra voce – non ho bisogno di un altro vestito.

– Va bene, avrai un vestito nuovo, ma non sarà bello nemmeno la metà del mio. Vero, madre? – riprese la voce acuta di Adele, mentre la compagnia sbucava da dietro la siepe. – Oh mamma mia! E voi chi siete? – domandò sbalordita, squadrandoci da capo a piedi.

Fissai la prima Strega Verde a bocca aperta. Ubaldo aveva ragione: Adele era bellissima! Aveva i capelli lunghi e biondi come quelli di una fata, le labbra dello stesso colore intenso delle rose che avevamo tutt'intorno e occhi grandissimi, che somigliavano a due laghi alpini illuminati dal sole.

Sua madre, bassa e rotondetta, le camminava dietro, e indossava un semplice cerchietto d'oro a reggere il velo che le copriva la testa.

– Psss… Quella ragazza, Adele… – bisbigliò Nina dal cespuglio – non ti ricorda qualcuno?

In effetti, la principessa somigliava incredibilmente a mia madre. Ma chi mi stupì davvero fu la ragazzina che sbirciava da dietro la sua spalla. Fatta eccezione per il colore rosso carota dei suoi capelli, molto più accesi dei miei, era identica… a me! Osservandola, mi sembrò proprio di guardarmi allo specchio.

– Ehi, voi due, siete sordi? Vi ho chiesto chi siete! – ribadì Adele, seccata.

Feci una riverenza e risposi incerta: – Mi chiamo Esmeralda, ma gli amici mi chiamano Emma...

Fortunatamente Adele non sembrò affatto sorpresa. – Già, dovete essere una delle figlie di zia Frederica – disse distrattamente. – Posso chiedervi che genere di abito intendete indossare per la festa? Potrei consigliarvene uno color marrone palude, o magari di un bel grigio topo di fogna! Sapete, è il mio compleanno e non vorrei sfigurare.

– Non fateci caso, cara. Adele scherzava. Vi siete già sistemata nel castello? – chiese la regina con gentilezza.

– Veramente... sono appena arrivata... – balbettai.

La regina aggrottò la fronte: – Oh, non ditemi che il Mastro Ciambellano non vi ha ancora assegnato una stanza! Con tutti questi nuovi arrivi, non sappiamo più dove alloggiare gli ospiti! Ho trovato! – esclamò poi, improvvisamente soddisfatta. – Rubina, hai ancora spazio nei tuoi appartamenti, vero? Tua cugina dormirà con te.

La ragazza dai capelli rossi mi sorrise timidamente.

– E voi sareste...? – disse poi la regina rivolgendosi a Genio.

Mi voltai a guardarlo. Per tutto quel tempo era rimasto imbambolato a fissare la chioma dorata di Adele. – Ehm... Sono il Principe Eugenio... un amico di Emma – mormorò quando si fu ripreso.

– Un Principe? Che meraviglia! Venite da lontano? – trillò Adele.

– Da molto più lontano di quanto immaginate, Vostra Altezza – rispose Genio.

– Oh – esclamò la principessa. – Questo spiega i vostri strani abiti. Sono davvero... insoliti! Forse uno degli invitati potrà prestarvi qualcosa di più presentabile. Naturalmente potrete alloggiare nelle stanze dei ragazzi! –. Poi squadrò dall'alto in basso il mio vestito a sbuffo. – Che dite, madre, forse una delle vostre dame di compagnia potrebbe vestire anche lei?

– Sono sicura che riusciremo a trovarle qualcosa... – disse la regina.

– Comunque non riesco a capire da chi abbia preso un naso del genere – concluse Adele.

– Non si deve essere scortesi con gli ospiti, mia cara – sentii dire dalla regina mentre si allontanava dietro a sua figlia.

Mi sentii avvampare le guance e diventai tutta rossa. – Bella cugina ho trovato! – esclamai rivolta a Genio.

– Davvero bellissima, non c'è dubbio! – gongolò lui, accompagnando con sguardo adorante Adele che si allontanava.

– Non fate caso a mia sorella – disse allora Rubina. – Fa così con tutti. Lei è più grande. Io ho appena compiuto tredici anni e lei, che ne ha tre più di me, a volte si comporta come se fosse mia madre –. Poi cambiò discorso. – Vieni, Emma, ti mostrerò la mia camera. Uno dei paggi presenterà Eugenio agli altri principi.

– Quanti ce ne sono? – domandò Genio.

– Per ora cinque – rispose Rubina.

– Sei davvero gentile ad accogliermi nella tua camera – dissi seguendo la ragazza attraverso il complicato labirinto.

– Oh, non mi dispiace affatto – rispose lei. – Ero sorpresa che non ci avessero già messo qualcuno. Stiamo preparando la festa di Adele da settimane e ci sono oltre cento ospiti nel castello... Ma tu non ti stupirai di certo, visto che la tua famiglia è così numerosa!

Per un attimo la guardai stranita, poi mi ricordai che al momento ero la figlia di questa sconosciuta zia Frederica. E che, a quanto pareva, avevo una schiera di sorelle.

– Ecco le tue sorelle, Emma! Malvina, Levissa e Rigoberta – esclamò Rubina all'improvviso. – Guarda, c'è anche la piccola Ginevra in braccio a tua madre!

Una piccola folla di ragazzine di tutte le età si voltò a guardarci. Come la loro mamma, erano tutte piccole e di corporatura esile. Niente da fare: malgrado cercassi un segno comune, dovetti ammettere che tra me e la mia "nuova" famiglia non c'era alcuna somiglianza. Non sapendo cosa fare, sventolai la mano in segno di saluto e passai oltre.

Genio, come promesso, fu scortato dal suo paggio fino alle stanze dei principi.

Dopo aver chiuso la porta della sua camera dietro le nostre spalle, Rubina si lasciò cadere su un letto incredibilmente alto e mi fissò con sguardo deciso. – Io e te dobbiamo parlare – disse, facendomi cenno di mettermi a sedere accanto a lei.

Mi arrampicai sul letto. – Se si tratta di zia Frederica...

– Non ti preoccupare – disse Rubina in tono comprensivo. – Ho capito appena ti ho visto che non sei sua figlia! –. Si portò le ginocchia al petto, abbracciandosi le gambe. – A me puoi dire la verità, so mantenere un segreto!

Scossi la testa. – Non mi crederesti.

– Credo di avere già capito.

Quella ragazza era davvero intelligente. Modestamente mi somigliava, no?

– Zia Frederica non è tua madre, perché tu sei figlia dello zio Marcus e della sua prima moglie… come si chiama? Sì, Aspasia! – esclamò con aria furbetta. – Tua madre è forte, sai? Quando è partita per i Monti della Luna con quella carovana di teatranti e danzatori, per poco alla mamma non venne un colpo… Ma non ti preoccupare, succede anche nelle migliori famiglie. Ho indovinato, vero? – chiese poi soddisfatta.

– Sei una volpe, tu! – risposi, felice che avesse trovato da sola quella strana spiegazione.

Rubina sospirò. – Ogni famiglia ha i suoi segreti. Solo che alcuni si indovinano più facilmente di altri.

– Qualcosa mi dice che anche tu hai un segreto…

Lei distolse lo sguardo.

– Tua sorella sembra molto importante qui – dissi poi per cercare di cambiare argomento.

– Adele ottiene tutto quello che vuole. Da quando ha scoperto di avere poteri magici tutti fanno il possibile per non contraddirla… Una volta ha fatto spuntare una foresta nella mia camera: al mattino per liberarmi ho dovuto scavare un tunnel tra le foglie!

– Però non sempre ottiene quello che vuole, vero? – domandai, vedendo nel suo sguardo una strana aria di sfida.

– Non più – disse Rubina con un sorrisetto misterioso, senza aggiungere altro. – Sai, Boscoverdonia è nei guai – riprese poi facendosi seria. – Un drago si è stabilito in una grotta non lontano da qui. Mio padre spera che uno dei pretendenti di Adele si faccia avanti per ucciderlo. Ma penso che non accadrà. Quelli vogliono solo mangiare alla nostra tavola, bere succo di mele gratis e fare gli smorfiosi con Adele. Anche se in verità, il Principe Garrid...

– Chi è, il fidanzato di Adele?

– Forse lo diventerà. Comunque lei a me non dice mai niente. Sono troppo piccola. E il tuo amico Eugenio?

Sorrisi evasiva.

Chissà come se la stava cavando Genio in mezzo a quei principi medievali...

Con indosso una tunica di Rubina pesante come un'armatura e un corpetto che mi faceva sentire una statua di gesso, uscii insieme alla mia nuova cuginetta a esplorare il castello. Vestita così, non davo più tanto nell'occhio e cominciai a godermi la gita.

Al banchetto serale nel Salone Grande cercai di evitare la gigantesca famiglia di zia Frederica e mi accomodai a un tavolo con Rubina e alcuni giovani principi, tra cui il mio. Genio però sembrava più interessato ad Adele che a me...

Mentre assaggiavo un fagiano caramellato, incrociai il suo sguardo. – Come va? – gli domandai piano mentre i paggi servivano il pasticcio di anguilla e gamberetti.

– Bene, direi. I principi sembrano simpatici, anche se sono un po' strani. Quello è Fenton –

sussurrò, indicando un giovane pallido seduto accanto ad Adele. – Guardandolo non ci crederesti mai: ha combattuto quarantadue draghi, almeno così racconta. Non smette mai di vantarsi.

– Quarantadue? Ma è vietato dalla legge di Protezione dei Draghi! Sono animali che rischiano l'estinzione e…

– Emma, non siamo nella nostra epoca! I draghi qui, a quanto pare, abbondano. Ce n'è anche uno che terrorizza il Regno di Boscoverdonia…

– Rubina me l'ha detto – risposi osservando la sala.

– Quello è Gaspare – continuò Genio. – Lui sembra simpatico: non si è ancora vantato neanche una volta per le sue abilità belliche!

Il principe che Genio aveva indicato portava i capelli lisci e tagliati pari, come la maggior parte degli uomini presenti. Quando sorrideva i suoi occhi scintillavano, e aveva una risata rilassata e contagiosa. Notai che Rubina, seduta accanto a me, non smetteva di osservarlo di sottecchi…

– Dov'è il Principe Garrid, il preferito di Adele? – le chiesi mentre afferravo un budino di more da un vassoio di passaggio.

– Non torna mai dalla caccia prima che faccia buio. Tra i pretendenti di Adele lui è l'unico che contribuisca alla dispensa.

Due paggi inciamparono nel velo di un'anziana dama, spargendo salsa di senape per tutta la sala. Improvvisamente mi ricordai dell'uomo prigioniero nel trabocchetto.

– Conosci un servitore di nome Dagoberto? – chiesi a Rubina.

– Certo, è uno dei nostri paggi più anziani.

– Lo hai visto in giro, ultimamente?

– Fammi pensare… – rifletté lei senza perdere di vista il suo fascinoso Principe Gaspare.

– Ora che me lo chiedi, non credo di averlo più visto dalla sera in cui rovesciò il fagiano addosso a mio padre. È stato così buffo! Ridevano tutti, compreso papà! L'unica a non divertirsi affatto è stata Adele. Ma lei, come avrai capito, non ha un grande senso dell'umorismo.

– Ho sentito dire che ha spedito Dagoberto in prigione –. Forse stavo attirando troppi sospetti, ma dovevo fare qualcosa per quel povero cantante solitario.

– Cosa? – si indignò Rubina. – Non ne avevo idea! Non c'era nessun motivo di trattarlo così. Ne parlerò a papà.

– Fenton è stato davvero un eroe: a quest'ora potremmo essere tutte morte! – esclamò in quel momento una giovane nobildonna con il naso aguzzo e un copricapo appuntito.

– Già, che sprezzo del pericolo! – le fece eco un'altra sventolando un ventaglio di pergamena. – Ha affrontato quel mostro con l'audacia di un esperto cavaliere.

Il protagonista dell'impresa si guardò intorno compiaciuto, mostrando il pollice avvolto in una spessa benda di lino bianco. – Bestie pericolose, i pipistrelli – disse in tono fiero.

Quando capii che stavano parlando di me, faticai a trattenere una risata.

Subito dopo mi venne in mente Nina Puzzina. Non avevamo stabilito un piano per ritrovarci. Chissà che cosa stava facendo tutta sola in quel labirinto sconosciuto...

– Le trentatré portate del banchetto erano ottime, – dissi a Rubina con finta indifferenza – ma l'arrosto con ripieno di girasoli era un po' pesante, ho bisogno di una boccata d'aria. Andrò a fare due passi in giardino.

– Non ci è permesso uscire da sole di notte! – mi bloccò mia cugina, schivando due camerieri. – Ordini di mio padre. Ci sono molte creature pericolose nei dintorni. Lupi mannari e...

– Andrò io con Emma! – la interruppe Genio, scavalcando una panca.

– È tutto a posto allora – mi affrettai a dire avviandomi verso il giardino. – Eugenio mi difenderà da ogni pericolo.

– Forse dovremmo prendere tutti una boccata d'aria – decretò all'improvviso Adele. E sfoderando il suo sorriso più radioso, prese Genio sottobraccio e lo condusse fuori.

Diventai rossa per la rabbia. Non avevo mai dubitato dei sentimenti di Genio, ma sembrava che quella principessa smorfiosa ce la mettesse tutta per farmi ingelosire!

Tutti seguirono Adele verso il labirinto.

Come avrei fatto a cercare Nina con quel piccolo corteo alle calcagna?

Mentre il gruppetto procedeva allegro scherzando e chiacchierando, allontanarmi da sola fu più facile di quanto avessi sperato. Alla prima svolta del labirinto girai dalla parte opposta fingendo di avere smarrito la strada.

Il gruppo scomparve dalla mia vista.

– Nina! – chiamai sottovoce. – Dove sei?

La pipistrellina apparve svolazzando dalla cima della siepe.

– Molte grazie, bell'amica che sei! – protestò. – È tutto il giorno che ti aspetto! Sono qui, a secoli di distanza da casa mia, e tu ti diverti a chiacchierare con queste damine imbalsamate –. E incrociando le ali si sedette imbronciata sulla mia spalla.

– Nina, mi dispiace moltissimo di averti lasciata qui, ma...

– Ah, ci sei cascata! Ci sei cascata! – esclamò, scoppiando in una risata che la fece ribaltare tra le rose. – Questi cespugli sono più morbidi di una trapunta di piume! E il pranzo, poi... Basta aprire la bocca e ti piovono in bocca decine di insetti succulenti! Guarda, ora ti faccio vedere...

– Che sollievo! Credevo che ce l'avessi con me – dissi cercando di starle dietro. – Ora però fermati un momento! Nina, ascolta: cercherò di venire a trovarti ancora... Ma dobbiamo restare qui almeno fino al giorno della festa.

– Oh, restiamo pure quanto vuoi! – trillò lei. – Guarda: finalmente si sta facendo buio! Credo che mi farò un giretto. Sarebbe un peccato visitare un'altra epoca senza fare almeno un po' di turismo? No?

– Stai attenta, ci sono i lupi mannar...

Ma Nina era già partita in esplorazione. – Non preoccuparti per me. Sono una pipistrellina, non una zucca vuota di Halloween! – gridò prima di scomparire nel buio.

Tornai sui miei passi seguendo le voci concitate della compagnia.

– Eccoti qui! Te l'avevo detto che era facile perdersi... – mi disse Rubina. – Dobbiamo andare, adesso. Tra poco solleveranno il ponte levatoio.

In quel momento mi accorsi che nell'aria c'era uno strano odore che avevo già sentito prima. Mi fermai cercando di ricordare dove...

– Arpie! – esclamai un attimo dopo.

Rubina sgranò gli occhi. – Davvero? – disse incuriosita. – Non ho mai incontrato un'Arpia.

La tirai per la mano. – Credimi, – le assicurai – sarebbe meglio se non ti capitasse mai.

Io le avevo incontrate un po' di tempo fa, e

qualche notte le sognavo ancora: creature orribili con il corpo di avvoltoio e la testa di donna. Avevano assaltato uno dei piccoli villaggi di Boscoverdonia, terrorizzando gli abitanti.

Se un'Arpia si stabiliva in una casa, poi ci voleva un grande sforzo per renderla di nuovo abitabile. Quei mostri puzzano peggio delle puzzole e il loro odore disgustoso permane a lungo anche dopo che se ne sono andate.

Stavo trascinando Rubina lungo il ponte levatoio quando comparve la prima. Stridendo a squarciagola, si abbatté su di noi. Ci mettemmo a correre il più veloce possibile. Io ero terrorizzata, anche perché se avessi utilizzato la magia per farla scappare, tutti avrebbero scoperto i miei poteri. Avevamo quasi superato la cancellata, quando la bestia cominciò a bombardarci.

– Bleah, è letame! – gridò Rubina annusandosi il vestito.

Il suo primo incontro con le Arpie non era stato dei migliori. Per fortuna un ragazzo uscì dal castello agitando un forcone e mettendo in fuga quella creatura orripilante.

Lo ringraziammo calorosamente e, dopo che si fu allontanato, Rubina esclamò: – Quel ragazzo ci ha salvato da un destino puzzolente. Credo che meriti un premio!

Avevo già visto la sua faccia. E anche se era molto diverso dal suo fantasma, il mento pronunciato e la tunica erano identici: si trattava di Ubaldo.

– Lo credo anch'io – dissi. – Anzi, credo che meriti... un medaglione.

Quando le Arpie avevano attaccato dal cielo, Genio si trovava con Adele.

– Saranno state una dozzina, vi dico, ci hanno colpito con bastoni e zolle di fango! – urlava la principessa.

In quell'epoca, ormai lo avevo capito, tutti avevano una certa tendenza a esagerare. Genio, comunque, armato di spada (nessuno sapeva che Ferdi si rifiutava di combattere contro ogni forma di vita!) aveva impressionato Adele con il suo coraggio.

Tutto il castello era in subbuglio. I soldati correvano su e giù a difendere cancelli e torri, i servi si precipitavano ad attingere dai pozzi acqua da scaldare per i bagni di chiunque fosse stato colpito, e tutti gli altri correvano strillando di qua e di là.

– Che orribile puzza! – mormorò la regina, mentre spargeva essenze profumate da un grande soffietto d'argento. – Proprio adesso che il castello è pieno di ospiti di riguardo... E molti altri sono in arrivo!

– Madre, devo parlare a papà – disse Rubina agitata.

– Non è il momento, cara. Piuttosto, porta questi asciugamani nel Bagno Rosso.

Capivo quanto fosse triste per Rubina non venire mai ascoltata dagli adulti: capitava spesso anche a me... In fondo nel Medioevo le cose non erano poi così diverse dal presente!

Mentre Rubina tentava inutilmente di attirare l'attenzione della regina, io decisi di approfittare di quel trambusto per fare un giro senza dare troppo nell'occhio.

Rimasi di stucco vedendo che la torre del mio appartamento era ancora in costruzione. Mi sedetti di fronte al buco che molti secoli dopo avrebbe ospitato la mia finestrella preferita e mi misi a osservare la scena: sui merli del castello i soldati brandivano i loro archi contro le Arpie, che volavano radenti bersagliandoli di letame. Quei mostri sfuggivano ogni freccia... Non avevo mai visto così tante Arpie, e così arrabbiate!

Dopo essere rimasta un po' a osservare inerme l'attacco di quei mostri puzzolenti, decisi di ignorare l'avvertimento di Diverticola a proposito dei gesti che potevano cambiare il corso del passato: dovevo fare qualcosa! Va bene che quella non era la mia epoca, ma era pur sempre la mia casa!

Riparata dal portico della torre, recitai la formula magica:

*Vento del Nord, cancella ogni Arpia,*
*proteggi il castello e spazzale via!*
*A Boscoverdonia tornar non sapranno,*
*perché saran prese da oscuro malanno...*

Appena ebbi finito di parlare, si sollevò una brezza leggera. Mi guardai intorno perplessa: possibile che la mia magia funzionasse soltanto nel presente? Tutto a un tratto, però, si alzò un vento così forte che la torre in costruzione tremò come un filo d'erba. Prese in un vortice

d'aria, le Arpie cominciarono a volteggiare all'impazzata. Mentre si allontanavano girando in tondo, vidi che le loro facce grinzose si riempivano di migliaia di punti rossi. «Ops, credo che quelli abbiano a che fare con le mie parole...»

Temendo di avere esagerato, lanciai una formula di correzione:

*"Oscuro malanno" per fare la rima,*
*leggero sarà e guariranno prima!*

Immediatamente le macchie rosse si tramutarono in piccole bolle, che le Arpie presero a grattarsi furiosamente.

– Lo avevo detto io che era meglio attaccare i Troll! – si lamentò una di loro.

– Questi regni degli umani sono pieni di malattie sconosciute! – aggiunse un'altra.

Quando raggiunsi gli altri nel Salone Grande, il re e la regina erano in piedi vicino al tavolo d'onore.

– Vostre Altezze, – annunciò il dignitario – le Arpie sono fuggite.

– Merito dei nostri valorosi arcieri? – domandò il re orgoglioso.

– In verità, sire... è stato il vento. Le ha trascinate via.

– Come osi prenderti gioco del re, cavaliere? Oggi non c'è un alito di vento.

– Si è alzato all'improvviso, mio signore! E ha soffiato via quelle orrende creature, come per...

– ...*magia?* – chiese la regina.

Il re annuì. – Ho capito! Qui dev'esserci lo zampino di Adele... Dov'è la mia provetta strega? – domandò il re. – Desidero parlarle.

– Si è chiusa a chiave nella sua stanza – rispose una dama – e si rifiuta di uscire.

– Si sarà barricata lì dentro per compiere le sue magie in pace – commentò convinto il re. – Andrò a ringraziarla per aver salvato il regno!

– Emma, devo confessarti una cosa... – sussurrò Rubina quando fummo a letto. – Adele era così terrorizzata dalle Arpie che si è nascosta nel baule dei cappelli, rifiutandosi di uscire da lì fino a quando anche l'ultima di loro non fosse scomparsa all'orizzonte. Non è stata lei a cacciare quelle bacucche volanti!

– E allora chi pensi che sia stato? – chiesi con finta indifferenza.

– È proprio questo il problema, – disse Rubina – non lo so! Forse qualche principe... Senti Emma, – aggiunse poi un po' imbarazzata – durante la sua festa, sempre che riemerga dalla sua stanza, Adele annuncerà il nome del principe che ha deciso di sposare. Ecco, io... – proseguì la ragazza – mi domandavo se tra tutti questi principi pronti a vantarsi dei loro trofei ce ne fosse almeno uno davvero innamorato di lei. Anche se mia sorella è una vera rompiscatole, mi sentirei meglio se riuscissi a scoprire che cosa vogliono davvero quei principi...

Rubina era una ragazza dolce e simpatica. Decisi di aiutarla.

– Ne parlerò con Genio, magari riesce a scoprire qualcosa. È un tale chiacchierone che per lui sarà facile farsi fare delle confidenze.

Rubina sospirò. – Grazie, Emma, mi sento già meglio! –. E sporgendosi dal suo letto a baldacchino mi schioccò un bacio sulla guancia.

Mentre mi rigiravo in quel letto paurosamente alto, pensai che forse potevo fare qualcosa di più che limitarmi a scoprire la frase esatta della maledizione... Già che ero arrivata fin lì, avrei potuto impedire che venisse pronunciata! Adele aveva offeso una fata trascurando di donarle dei fiori, quindi per fare in modo che ciò non accadesse bastava farle raccogliere qualche mazzolino in più e... il regno sarebbe stato salvo! Se avessi messo fine alla maledizione prima ancora che venisse scagliata, nonna Ortica e zia Gelsomina non sarebbero mai state trasformate, il nonno non sarebbe stato spedito nelle segrete, Gelsomina avrebbe sposato il suo Silvano... e io avrei sposato Genio senza il timore di svegliarmi una mattina con l'aspetto di una vecchia megera! Che cosa aveva detto Diverticola? Ah, sì: «Stai attenta a non cambiare nulla. Qualsiasi gesto compi nel passato, potrebbe avere effetti pericolosi». O qualcosa del genere...

Beh, qualunque cosa mi avesse raccomandato, non fu difficile convincere me stessa che il piccolo cambiamento che avevo progettato non poteva fare male a nessuno.

Sicura di avere appena avuto un'idea geniale, smorzai la lampada a olio e mi addormentai tranquilla come una principessa delle favole.

8

# Scrocchiaossa cambia casa

**Genio si precipitò** verso il calderone sul focolare. – Ottima questa zuppa d'avena! Crede che potrei averne un'altra scodella? – chiese alla cuoca.

– Questi giovani principi… sempre affamati! Ma non dovrebbero essere inappetenti per le pene d'amore? – sussurrò quella alla fantesca.

Viaggiare nel passato non aveva certo fatto perdere a Genio la sua passione per la tavola! Io invece non avevo tempo per fare colazione: dovevo andare in cerca di Adele e convincerla a preparare un mazzo di fiori anche per la fata.

La incontrai davanti a una betulla, intenta a decorarla con violette e margherite a colpi di bacchetta.

– Adele! Stavo giusto cercando te – esclamai appena la vidi, affrettandomi per raggiungerla.

– Non ora, Emma, sto cercando il colore giusto per questi fiori... Tutto deve essere perfetto per la festa.

– A proposito... ehm... Come vanno i preparativi?

La principessa mi sbirciò con la coda dell'occhio, arricciando le labbra in un'espressione che ricordava incredibilmente quella di mia madre.

– Io... ecco, sarei felice di darti una mano – aggiunsi, mentre lei continuava a scrutare la betulla addobbata.

– *Tu?* E che cosa potresti fare?

– Aiutarti con le decorazioni, per esempio. O magari con i regalini per gli ospiti...

– Regali? – domandò lei aggrottando leggermente la fronte. – Molto chic, non ci avevo pensato! – esclamò, voltandosi finalmente a guardarmi. – Certo! Regalerò dei fiori! Del resto sono famosa in tutta Boscoverdonia per il mio pollice verde – disse poi, mostrandomi il suo pollice sinistro, dello stesso tono di verde di alcune ninfe dei boschi. – Vengono anche dai regni vicini per chiedermi consigli. Regalare un mazzolino sempre fresco di fiori incantati ricorderà a tutti la mia bravura con le piante!

– Sono sicura che gli ospiti sarebbero felicissimi – la assecondai io. – Quanti pensi di farne?

– Non so... Ne farò quanti ne vorrò.

– Pensa che brutta figura se qualcuno restasse senza... – dissi io con finta indifferenza.

– Se intendi dire che hai paura di non ricevere i fiori, stai tranquilla, ce ne sarà uno perfino per te – mi interruppe lei.

Devo ammetterlo, Adele e le sue arie da "sono-la-strega-più-bella-del-mondo" cominciavano a darmi sui nervi: questa cugina del Medioevo mi stava mettendo a dura prova...

Dopo l'incontro con Adele avevo bisogno di vedere una faccia amica. Genio era scomparso (probabilmente nella dispensa!), quindi decisi di cercare Nina Puzzina.

La trovai appesa a un cespuglio che dondolava con aria sognante. Quando mi vide, la pipistrellina spalancò la bocca in uno sbadiglio. – Ehi Emma, che ti succede? Hai l'aria di una che è finita sotto un drago!

– Sto bene... – risposi vaga. – Tu, piuttosto, come hai passato la notte?

Nina si mise a saltellare, come faceva sempre quando era emozionata. – È stato fantastico! Anzi, superfantastico! Sono andata nella foresta: è immensa, molto più grande che ai nostri tempi, sai? Stavo inseguendo una lucciola e poi… –. Nina arrossì leggermente. – Poi ho incontrato *lui.*

– Un insetto?

– Emma, sveglia, ma che dici? Un pipistrello! Per essere precisi il pipistrello più bello, fascinoso e incredibile che io abbia mai visto. Stava inseguendo la mia stessa lucciola e… me l'ha lasciata acchiappare! Vedessi che gentiluomo, anzi, che gentilpipistrello! –. Detto questo Nina si mise a sfogliare una margherita. – M'ama, non m'ama, m'ama, non m'ama… M'AMA!

Non avevo mai visto Nina Puzzina così euforica.

– Poi siamo stati alla cascata dove le ninfe si lavano i capelli, – proseguì la pipistrellina – e nel regno delle fate. E poi Pippy…

– *Pippy?*

Nina chinò la testa un po' imbarazzata. – Beh, sì… a me piace chiamarlo così. Ma a lui non dispiace sai?

– Vi rivedrete? – chiesi, trattenendo un sorriso.

– Certo! Stasera assisteremo alle gare degli

unicorni al Prato d'Argento e dopo andremo alle corse degli scarafaggi – spiegò la pipistrellina specchiandosi in una pozzanghera.

Salutai Nina, che era chiaramente innamorata persa, e tornai verso il castello.

Gaspare stava allenando un gruppetto sparuto di giovani scudieri per il torneo della festa. Quando mi vide, sorrise e fece una buffa piroetta girando intorno alla spada.

Finalmente trovai Genio.

– Potresti aiutarmi a sapere qualcosa di più sui pretendenti di Adele? – gli chiesi appena lo vidi, temendo che scomparisse di nuovo. – Rubina è preoccupata che sua sorella sposi un principe con cattive intenzioni...

Genio mi sorrise. – A disposizione! Allora, vediamo... Che cosa vuoi sapere? Bertrando russa tutta la notte e vorrebbe fare lo stregone, ma suo padre ha già deciso che presto dovrà andare a combattere contro qualche drago. Pollonio invece è allergico ai fiori, e credo che il Principe Garrid abbia qualche problema con la sua armatura: pesa quasi cento chili!

– Hai incontrato Garrid? – lo interruppi.

Genio annuì. – Non l'ho proprio visto, l'ho solo sentito: rientra sempre molto tardi e dorme sotto il baldacchino vicino al mio –. Genio nel Medioevo sembrava molto più a suo agio di me. – Ehi, e dovresti vedere i regali che i principi hanno portato per Adele: Gaspare una coppia di elfi selvatici, Astolfo una squama di serpente marino...

– Accidenti, il regalo! Dobbiamo procurarcene uno al più presto!

– Che ne diresti di fare un salto al mercato magico? – propose Genio.

– Non abbiamo tempo. Dovremo fabbricarlo.

Genio si grattò il mento. – Non è difficile. Potrei trovare un pezzo di arrosto, incartarlo con un po' di pancetta e fare un bel fiocco di salsicce affumicate... Delizioso, no?

– Non penso che Adele lo gradirebbe – dissi sconfortata. – Ci penserò io.

– Dì un po' – mi chiese Genio a quel punto. – Sbaglio o da quando siamo arrivati non fai che guardarmi storto? Sembra quasi che tu sia arrabbiata con me.

Era inutile mentire a Eugenio. – È che... non sono molto felice di come ti stai comportando.

– Cosa? – si stupì lui. – Ho dato una mano a combattere quelle Arpie puzzolenti, ho passato ore a dare lezioni a scudieri vestiti come statue del museo di antichità... Che cosa avrei fatto di sbagliato?

– Si tratta di Adele... – confessai arrossendo leggermente.

– *Adele?* Non sono abbastanza gentile con lei?

– Tutt'altro: il modo in cui lasci che faccia la smorfiosa con te mi fa andare su tutte le furie! Ti piace davvero?

– Adele? Ma stai scherzando?! – esclamò Genio. – Certo, è carina... Ma un pasticcino avrebbe più sostanza di lei e sicuramente sarebbe più dolce: quella ragazza pensa solo a se stessa. Figurati che voleva che mi sedessi ai suoi piedi a cantarle canzoni che elogiassero la sua bellezza! Le ho dovuto mentire dicendole che ero stonato, purché mi lasciasse in pace. Allora, era tutto qui, Emma?

– Però non sembrano dispiacerti le moine di Adele...

Genio mi guardava perplesso. – Sto solo cercando di ambientarmi. Non è facile, sai? – si giustificò. – Qui tutti trattano Adele come un'imperatrice!

– Ma loro sono suoi pretendenti, tu invece dovresti essere il mio! – sbottai. – Se non hai cambiato idea...

– Nemmeno per sogno! Sono il tuo *pretendente*. E adesso *pretendo* che tu mi dia un bacio – disse abbracciandomi.

All'improvviso Adele assunse per me più o meno la stessa importanza di una lontana antenata dipinta su un arazzo.

– Non trovi che Dagoberto abbia un ottimo aspetto, ora? – mi disse Rubina durante il pranzo, mentre afferrava un cosciotto d'agnello dal lungo vassoio che il servitore teneva in bilico sulla testa. – Quando ho ordinato che fosse liberato, gli ho permesso di fare un bagno nelle vasche reali: avresti dovuto vedere come sguazzava nella schiuma di rosa! Credo che fosse il primo bagno della sua vita. E se l'è proprio meritato.

In quel momento un trambusto dal lato opposto del Salone Grande ci interruppe.

– Non puoi vederlo adesso – diceva una delle guardie a un guardaboschi molto agitato.

– È un'emergenza, vi dico! – insisteva l'altro. – Devo parlare con Re Verdonio.

– Che succede? – intervenne il re in persona, posando sul tavolo una coppa dorata.

– Il drago, Vostra Altezza! È tornato.

Re Verdonio lasciò cadere la sua porzione di crema di ribes e si alzò in piedi. – Ho bisogno di volontari – tuonò fissando la fila di principi che affollava la sua tavola. – Giovani coraggiosi che non abbiano timore di sfidare un drago.

Un principe si alzò immediatamente. – Ho dimenticato la spada sul fuoco del fabbro! – esclamò imboccando la porta.

– Mia zia Domitilla deve andare dallo stregone per una ricetta medica. Non posso certo lasciarla partire da sola… – si giustificò un altro.

Gli altri si misero a fissare con attenzione i ricami delle tende di velluto, come se incrociare lo sguardo del re li avrebbe obbligati ad accettare. Solo Genio, il principe Fenton e Gaspare si alzarono in piedi.

– Sono dei vostri, sire – dichiarò Genio.

– Ma che fai, sei impazzito? – gli fece eco una vocina dal fodero della spada. – Noi non possiamo combattere. Io sono una pacifista! –. Ferdi sembrava intenzionata a boicottare l'impresa.

– Come dite, principe? – chiese il re.

– Ehm dicevo che… sono il primo della lista!

– Col cavolo! Sono io che devo colpire quel povero drago innocente!

– Taci o ti faccio fondere – disse Genio a denti stretti, tentando di non farsi sentire dal re.

Senza aggiungere altro, Ferdi si ritirò offesa nel suo fodero di cuoio.

A quel punto il principe Fenton annunciò: – Sire, partirò per dimostrare di essere degno della mano della Principessa Adele.

– E io – disse Gaspare – andrò con loro per liberare il regno da questo terribile pericolo.

– Ora i cavalieri lasceranno il castello accompagnati da lanci di petali di fiori – mi spiegò Rubina. – E noi saliremo sulla torre per salutarli, agitando grandi drappi rossi per augurare loro buona fortuna. È l'usanza.

Non sapevo che cosa pensare: a casa avevo vari amici draghi e sapevo che non tutti erano cattivi. Certo, avere un drago come vicino di castello non era il massimo per un re, ma...

Ancora una volta mi tornò in mente l'avvertimento di Diverticola, ma visto che mi ero già immischiata scacciando le Arpie e progettando di evitare che venisse pronunciata la maledizione su Adele, tanto valeva proseguire e approfittarne per conoscere un nuovo drago.

Dovevo essere io la prima ad affrontarlo. Ero una strega, e avrei potuto usare i miei poteri. Ma soprattutto ero un'amica dei draghi: avevo ricevuto il titolo in un tendone alle Olimpiadi dei Draghi.

«Speriamo che i draghi mi abbiano raccontato la verità quando hanno detto che avrei avuto per sempre il loro rispetto in ogni angolo del mondo» pensai, cercando un punto nascosto nel labirinto.

Tirai fuori la mia sfera magica e la sintonizzai sul Regno di Boscoverdonia, cercando di vedere dove si nascondesse il mostro. Vidi due grifoni bianchi che lottavano nella foresta, un gruppo di gnomi intenti a fare scherzi a un fornaio, cuccioli di lupo mannaro e moltissimi folletti. Ma di draghi nemmeno l'ombra.

Controllai anche nell'immensa arena dove avevo assistito alle Olimpiadi dei Draghi, ma al suo posto c'era solo un praticello colmo di margherite.

Dovevo passare alle magie forti. Stringendo la sfera tra le mani, dissi:

*Che io veda nella sfera*
*quel gran drago a noi vicino.*
*Tornerò prima di sera,*
*se mi mostrerai il cammino.*

La sfera cominciò a luccicare e dopo pochi secondi mi mostrò l'immagine di un grosso drago addormentato che si agitava nel sonno. Poi la visione si modificò, lasciando il drago e uscendo dalla grotta. Vidi uno strapiombo, una discesa boscosa e un sentiero che attraversava la foresta fino a scomparire tra gli alberi. Adesso l'immagine all'interno della sfera si muoveva più in fretta, seguendo la strada che passava tra gli alberi e i campi coltivati. Il sentiero diventò più largo e battuto nel punto in cui ne incontrò un altro. Riconobbi la zona: la collina e il gruppo di rocce non erano cambiati molto.

Mentre l'immagine si dissolveva, recitai la formula per trasformarmi in colomba. Proprio in quel momento passò il primo dei cavalieri. Era il Principe Gaspare che, con indosso un'armatura tutta ammaccata, cavalcava un enorme cavallo da guerra dall'aria piuttosto vecchiotta.

Presi il volo proprio mentre il Principe Fenton arrivava in sella a un cavallo molto nervoso. – Buono, Neropece! – gridò lui, tirando le briglie argentate.

Oltrepassai i due cavalieri volando il più in fretta possibile: dovevo trovare il drago prima di loro.

Presi un sentiero pieno di tronchi inceneriti e, in fondo al burrone, riconobbi l'ingresso della caverna che avevo visto nella sfera.

Purtroppo il guardaboschi di Re Verdonio doveva aver dato indicazioni precise, perché anche Gaspare e Fenton erano già arrivati. Come mai Genio non era con loro? «Si sarà perso mentre cercava di convincere la spada Ferdi a partecipare all'impresa...» mi dissi.

Atterrai su un ramo mezzo bruciacchiato di un albero lì vicino, ma mi resi conto con orrore che era troppo tardi per avvisare il drago del pericolo...

– Vieni fuori, bestione vigliacco! – stava gridando Gaspare.

Quando mi voltai, vidi il principe brandire la spada e lo scudo sull'orlo del burrone. Dalla caverna si alzò uno strano suono metallico e una nuvoletta di fumo rosa avvolse l'ingresso.

– Non sono ancora pronto, Gaspare! – gridò Fenton, che stava ancora scendendo da cavallo. – Aspettami! Devo solo...

Un ruggito proveniente dal burrone mi fece quasi cadere dal ramo. Il cavallo di Fenton si lanciò al galoppo con il suo padrone ancora aggrappato alla sella. Sottili strisce di fuoco incendiarono gli alberi lì vicino. Poi emerse una testa enorme, ricoperta di squame di un giallo fangoso e stinto.

Di gigantesco il drago aveva solo la testa. Il resto del corpo era piuttosto piccolo e smunto. Qua e là gli mancava qualche squama, le ali erano bruciacchiate e si muoveva a fatica, come se gli facessero male le articolazioni. Quando aprì la bocca in un ruggito sfiatato, vidi che aveva perso più d'un dente.

Il mostro risucchiò l'aria con la bocca spalancata e tirò indietro le ali: stava per lanciare un'altra fiammata. Per fortuna non fu molto lunga e si esaurì in un misero filo di fuoco.

– Tieni duro! – gridava Fenton dalla foresta. – Sto arrivando! Questo maledetto cavallo non vuole fermarsi, ma...

Gaspare si nascose dietro l'albero più vicino con l'agilità concessagli dalla pesante armatura.

Un clangore metallico risuonò attraverso gli alberi. – Ci sono quasi! – strillò Fenton. Si sentiva anche da lontano che era senza fiato.

Il drago arricciò le narici e soffiò un'altra fiammata.

– Vieni avanti, verme! – lo sfidava Gaspare. – Non sai fare di meglio?

Nell'istante in cui la fiamma del drago si dissolse, il principe corse con la spada puntata verso la testa della belva.

– Eccomi! – gridò Fenton emergendo affannato dagli alberi, con la spada e lo scudo penzolanti tra le mani.

Alzando di scatto la testa, il drago si girò su se stesso per affrontare il nuovo arrivato. Frustando l'aria con la lunga coda, colpì Gaspare in pieno, scagliandolo lontano. Il principe atterrò su un fianco e rotolò per qualche metro.

Fenton si mise a correre, scappando da dove era venuto e svanendo nel nulla.

Il drago sbuffò una nuvola di fumo. Poi si voltò con un brontolio sordo e si mosse verso Gaspare, ancora steso nel punto in cui era atterrato.

Preoccupata, volai più in basso. «È ora di intervenire» pensai lanciandomi in picchiata.

Mentre il drago abbassava l'enorme capoccione per annusare il principe ferito, lo punzecchiai con il becco in cima alla testa.

La bestia non ci fece nemmeno caso. Spalancò le fauci, acchiappò una gamba di Gaspare e cominciò a trascinarlo verso l'orlo del burrone.

Mi precipitai sopra il suo orecchio e lo beccai di nuovo. La bestia ebbe un guizzo e lasciò cadere Gaspare. Gli diedi subito un'altra beccata, tanto per essere sicura di aver attirato la sua attenzione, poi lasciai la presa e volai via.

Non volevo che mi perdesse di vista, quindi volai a zig zag schivando le sue fiammate. Il drago ruggì e mi seguì, esattamente come volevo. Il mio piano era di condurlo nel bosco e poi tornare a prendere Gaspare.

Ma qualcuno aveva altri progetti.

All'improvviso dal fondo del burrone arrivò una voce. Era una ragazza che piagnucolava chiamando aiuto. Un bersaglio irresistibile per un drago inferocito!

Quando il mostro si lanciò per la ripida discesa, volai in fretta davanti a lui e... Era Rubina, piccola e indifesa in fondo a quel burrone bruciacchiato! Appena vide il drago, con mia enorme sorpresa la principessa sollevò in alto la mano e puntò il dito verso di lui: un gesto familiare, che però non mi sarei mai aspettata di vedere usato da lei.

La sua voce risuonò forte e chiara quando recitò:

*Un regalo ti voglio fare:*
*non dovrai mai più lottare.*
*Vai a casa, e non tornare.*
*Pensa solo a riposare!*

Allora anche Rubina era una strega, non solo sua sorella!

Immediatamente il drago si diresse verso la caverna. Rubina sgranò gli occhi e rimase a bocca aperta: si era resa conto troppo tardi di trovarsi proprio tra il drago e la sua tana, che lui chiamava "casa". Esattamente il posto dove lei lo aveva appena spedito.

Dovevo aiutarla. Pronunciai svelta la formula

per tornare umana e mi affrettai verso il bordo del burrone. Mentre il drago le si avvicinava, per il terrore Rubina si coprì gli occhi con la mano. Ormai la bestia era abbastanza vicina da poterla colpire anche con la sua misera fiammata.

Non importava più che Rubina mi vedesse nelle mie vesti di strega, ormai avevamo un segreto in comune. Puntando il dito contro il drago, gridai: «*Sassodragone!*», una semplice e veloce formula paralizzante.

Il drago si immobilizzò con la zampa a mezz'aria e la bocca spalancata.

Corsi giù lungo il fianco della gola. – Corri a casa! A lui penserò io – gridai a Rubina.

– Emma, tu sei una strega! – dichiarò lei, come se mi stesse dando una grande notizia.

– Anche tu, vedo... – risposi con un sorriso. – Ma io ho più esperienza nel campo dei draghi. Tu puoi renderti utile aiutando Gaspare a tornare al castello –. Le indicai la salita. – Deve rimettersi in piedi e rimontare in sella.

– Gaspare ha bisogno di me? – esclamò Rubina arrossendo. – Sarà meglio che vada, allora. Sei sicura che è tutto a posto?

– Sicura, collega! Ora vai ad aiutare il tuo principe – dichiarai. – A proposito, sai che fine ha fatto Genio?

– Si è perso. O meglio, ho fatto in modo che si perdesse... Non volevo troppa gente intorno. Quando l'ho visto avviarsi con gli altri cavalieri, ho usato una formuletta per mandarli nella direzione sbagliata. Purtroppo Gaspare e Fenton avevano già lasciato il castello.

– Ottima idea – approvai. – C'erano già abbastanza cavalieri così. Sarebbe stato difficile mantenere il nostro segreto.

Rubina annuì sollevata. Mentre aspettavo che si allontanasse, aprii la mia borsina di seta e trovai la fialetta che mi aveva dato Rodolfo. Rolfy, il simpatico draghetto che avevamo conosciuto Genio e io, ci aveva regalato l'unguento per proteggerci dalle fiamme durante le Olimpiadi dei Draghi. Le mamme drago lo usano sulla pelle delicata dei loro neonati, prima che gli crescano le squame.

Me lo spalmai sul viso e sulle mani, poi lo sparsi sui vestiti e sui capelli, sul collo e sulle palpebre.

Quando mi sentii pronta, diedi un colpetto sulla schiena del drago e mi nascosi in fretta. Anche con l'unguento protettivo, un drago era sempre un drago!

– Un'altra? – grugnì lui mentre si guardava intorno. – Ma dov'è andata?

Girò un po' in tondo, prima di vedermi. – Non hanno di meglio da fare queste principesse che venire qui a disturbare?

In quel momento partì la fiammata. Chiusi gli occhi, e le fiamme mi scivolarono sopra. Quando finalmente si spensero, aprii gli occhi e mi guardai: era come se il fuoco non mi avesse nemmeno sfiorata.

Il drago mi fissò sbalordito. – E adesso che è successo? – borbottò. – Ormai dovrebbe essere già croccante... –. Fece un passo avanti e mi annusò. – Ehi, ma questo profumino... –. Il suo sguardo si intenerì. – È identico all'unguento che mi metteva mia madre quando ero un cucciolo! –. Il drago si sedette sorridendo, immerso nei suoi ricordi.

– Me l'ha dato un amico.

– Conosci la nostra lingua! – esclamò la belva, le orecchie che guizzavano per l'agitazione.

– Sono la Strega Verde. Mi chiamo Emma.

– Mai sentita nominare... D'altra parte che cosa ti aspetti da un vecchio drago stanco?

– Devi trasferirti – dissi decisa. – Trova un posto senza umani nei paraggi.

Il drago emise una nuvoletta di fumo rosa dal naso. – E perché dovrei? – domandò. – Qui è fantastico. Guarda quanti alberi da incendiare!

– Perché altrimenti potrei trasformarti in lucertola e spedirti sotto un sasso. Oppure spegnere per sempre il fuoco che hai dentro. Pensa: non mangeresti mai più un pasto caldo in vita tua. In alternativa potrei rimpicciolirti e tenerti al guinzaglio come drago domestico...

– Basta così! Potrei anche divorarti, ragazzina!

– Non oseresti mai mangiare un'amica dei draghi.

– Sei un'amica dei draghi? – esclamò lui.

Gli amici dei draghi erano molto rari e tutti i draghi erano obbligati dal proprio codice d'onore a trattarli con rispetto. Almeno, così capitava nel futuro... Non avevo idea di come fossero le regole nel passato.

– Perché non l'hai detto subito? – sbuffò il drago con aria delusa. – Adesso dovrò procurarmi un'altra cena.

– Ti sentiresti meglio se ti dicessi che conosco un posto fantastico, non lontano da qui, dove gli umani non hanno mai messo piede?

– E dove sarebbe questo paradiso? – rispose lui allungando il collo.

– Laggiù, sulle Montagne Viola – dissi, puntando il dito sopra gli alberi. – Non puoi sbagliare. Se guardi al centro delle montagne, troverai una pozza di lava bollente, dove potrai fare un bel bagno caldo ogni volta che vuoi.

Quando nominai la lava, il viso del drago si illuminò. – Hai detto lava? Io adoro la lava!

Feci un cenno con il capo. – Quell'arena sarebbe il posto ideale per le Olimpiadi dei Draghi.

La belva scosse la testa. – Si vede che non conosci i draghi, mia cara strega. Le Olimpiadi si svolgono da secoli sull'Isola di Squama. Nessuno potrebbe spostarle da lì.

– Potresti sempre dare un'occhiata, non credi?

– Mi hai convinto! – disse finalmente il mostro sollevando le ali pesanti per volare via.

– Un momento! – esclamai mentre prendeva la rincorsa.

– Che cosa c'è ancora?

– Non so nemmeno come ti chiami.

– Scrocchiaossa, molto lieto – rispose lui cerimonioso –. Poi, agitando le ali in segno di saluto, sparì all'orizzonte verso le Montagne Viola.

9

# A caccia di segreti

– **Maestà, dove vanno** messe le ghirlande aromatiche? – chiese una fantesca correndo trafelata.

– E i dolci di panna montata? – domandò il pasticciere.

– Dove sono i musicisti? Non abbiamo provato nemmeno una volta... Oh, povero me! – strillò il Maestro delle Cerimonie asciugandosi la fronte.

Il castello era in pieno fermento per la festa di Adele e in ogni angolo regnava la più completa confusione. Mille torce erano pronte a illuminare il ballo, i tavoli e le panche erano sistemati a ferro di cavallo nel Salone Grande e dal soffitto pendevano stendardi colorati.

Mentre io ero impegnata a convincere Scrocchiaossa a cambiare casa, nuovi ospiti erano arrivati al castello, portandosi un'ingombrante schiera di paggi e valletti.

Cercai con lo sguardo i mazzi di fiori magici da regalare agli ospiti. Li avvistai sul grande tavolo d'onore: boccioli di rose, gigli e graziosi fiorellini bianchi che sembravano essere stati appena colti. Rampicanti in fiore decoravano le pareti del Salone Grande, nei cui angoli erano spuntati alberi robusti, che si inarcavano verso il soffitto formando cascate di fiori gialli.

Trovai Genio che parlava con Rubina. – Non capisco, eravamo sulla strada per la caverna quando, come per magia, una nebbia azzurrina ha circondato il bosco. Quando poi si è diradata ci siamo ritrovati nel bel mezzo della Fiera delle Giumente di Roccasempronia!

Rubina mi fece l'occhiolino e mi chiese con lo sguardo se era tutto a posto.

Risposi con un sorriso complice. Tra streghe non servono troppe parole!

– Quando Garrid è tornato dalla caccia, gli ho chiesto se ti avesse incontrata nel bosco –

prese a raccontare Rubina. – Ora è in cucina a controllare gli arrosti...

– È qui? Incredibile, cominciavo a dubitare che questo misterioso principe esistesse. Vado a presentarmi...

Questa volta trovare Garrid non fu difficile.

Rubina mi aveva detto che era alto e biondo. Però non mi aveva detto che era il più bel principe di tutto il castello! Aveva uno sguardo forte e coraggioso e al suo confronto tutti gli altri cavalieri sembravano dei bambini alle prime cavalcate.

– Principe Garrid, – dissi intimidita – posso rubarvi un minuto?

– Ci conosciamo? – chiese lui, alzando un sopracciglio.

– Sono Emma. Non ci siamo ancora presentati...

Nei suoi occhi vidi una scintilla. – Oh, ecco la famosa Emma! Ho sentito molto parlare di voi.

– Davvero? – esclamai sorpresa, chiedendomi cosa gli avesse raccontato Rubina.

Garrid mi porse la mano e mi diede un buffetto sulla spalla. Nell'istante in cui mi sfiorò, sentii che in lui c'era qualcosa di strano... Non potevo distinguere chiaramente quali, ma Garrid aveva dei poteri magici!

– A proposito, – disse il principe all'improvviso – il tuo segreto è al sicuro –. E con rapidi passi si allontanò lungo il corridoio.

Mi sentii raggelare. Il mio segreto? Di che segreto stava parlando? In quei giorni ne avevo così tanti che era difficile tenerne il conto: troppe cose che non volevo far sapere in giro. Che cosa gli aveva raccontato Rubina? Forse che ero una strega? Oppure che non ero figlia di zia Frederica? O, peggio, Garrid aveva capito che arrivavo dal futuro?

Entrai nel Salone Grande piena di pensieri. Cercavo Rubina, ma trovai solo una gran confusione.

– Hai sentito? – disse una delle damigelle della regina. – Gaspare e Fenton hanno messo in fuga il drago in pochi secondi.

– Proprio così! Era un mostro terribile, alto come una montagna – precisò un'altra.

– Ho sentito dire che sputava fuoco da tre bocche diverse…

– Naturale! – intervenne un paggio. – Aveva tre teste. Me l'ha assicurato la sarta, che lo ha sentito dalla lavandaia, che ha un cugino…

– Fenton dice che era immenso, il più grosso drago che abbia mai visto.

– Hai visto l'armatura del Principe Gaspare? Si vede il punto in cui il drago l'ha morso! – mi disse una dama offrendomi un bicchiere di sciroppo di mele.

Feci un cenno con il capo. Almeno questo era vero.

Finalmente trovai Rubina che si mordicchiava un labbro cercando di trattenersi dal parlare. Capivo che cosa stava pensando: anche a me sarebbe piaciuto mettere a tacere quelle voci fasulle!

– Buonanotte, Rubina – le dissi trattenendo uno sbadiglio. – Devo alzarmi presto domattina... *molto* presto.

Dovevo scoprire qualcosa sul misterioso Garrid. Tra tutti i principi che corteggiavano Adele, avevo l'impressione che fosse lui quello da tenere d'occhio. E siccome a quanto pareva andava spesso a caccia, e sempre da solo, l'unica cosa da fare era trasformarsi in pipistrello e seguirlo.

Prima di andare a letto, cercai Genio per chiedergli di accompagnarmi.

– Che fai di bello domattina all'alba? – gli domandai mentre addentava una ciambella.

– Dormirò – rispose sicuro.

– Che ne diresti di venire a caccia con me?

Genio alzò un sopracciglio. – *A caccia?* Ma a

te non è mai piaciuto andare a caccia! E che cosa vorresti cacciare poi?

– Principi. Anzi, *un* principe. Credo che sia ora che qualcuno segua Garrid e scopra che cosa combina veramente. Se ne sta sempre solo tutto il giorno…

– Magari è semplicemente un pessimo cacciatore, e non vuole rivelare a nessuno che compra ogni giorno fagiani e pernici da un guardacaccia nella foresta.

– Genio, quando mi ha toccato ho sentito qualcosa che non mi convinceva.

– *Ti ha toccato?* – chiese lui fingendosi arrabbiato. – Senti senti, e tu che eri gelosa della Principessa Adele! – disse poi guardandomi incuriosito. – Verrò con te – aggiunse. – Non vorrai che questo principe dal tocco magico ti conquisti con i suoi incantesimi, vero?

Quella notte mi rivoltai nel letto senza riuscire a prendere sonno.

All'alba mi alzai e attraversai la stanza in punta di piedi, per non svegliare Rubina che dormiva beata sopra i suoi dieci cuscini (le principesse del Medioevo non dormono mai con meno di quattro materassi, dieci cuscini e una pesante coperta ricamata!).

Genio mi aspettava nel Salone Grande.

– Non è che adesso ricominceranno a darci la caccia con le scope? – borbottò prima della trasformazione.

Per fortuna le guardie del re sonnecchiavano appoggiate alle alabarde, russando rumorosamente. Nessuno fece caso a due pipistrelli poco esperti nel volo che lasciavano il castello dalla piccola finestra della cucina.

– Nina, siamo noi! Dove ti sei cacciata? – gridammo scrutando i cespugli intorno al labirinto.

Finalmente udimmo una vocina in lontananza: – *Oh che vita bella, far la pipistrella*...

– Eccoti qui! – esclamai quando Nina si decise a tacere.

– Oh, siete già qui? – chiese lei come se si fosse appena svegliata da un meraviglioso sogno. – Sapete, ero con Pippy... – sussurrò poi accomodandosi su una foglia di felce.

Genio inghiottì un moscerino e domandò: – E chi sarebbe Pippy?

Nina sospirò. – Non conosci Pippy?!

– È uno dei principi ospiti al castello? Strano che mi sia sfuggito...

– Pippy è il pipistrello più meraviglioso del mondo – trillò Nina. – Esclusi i presenti, naturalmente... Ehi, sapete tenere un segreto? – mormorò poi avvicinandosi al mio orecchio. – Ho deciso di restare qui con lui!

– Finché non torneremo a casa, puoi restare nel labirinto finché vuoi.

– No, no. Intendo dire per sempre!

Per poco non caddi a testa in giù sulle spine del roseto. – Nina, ne sei proprio sicura?

– Certo! Il Medioevo è un'epoca perfetta per un pipistrello: insetti a volontà, fiori a profusione... E poi, ecco... io lo amo. Credo proprio che sia il pipistrello della mia vita.

La situazione era davvero seria. Presi le zampette di Nina tra le mie e cercai di farla ragionare. – Quando Genio e io lasceremo quest'epoca, non potrai più tornare indietro... Cioè, *avanti*. Sarai intrappolata nel passato per sempre. Quanto a questo Pippy, che cosa sai di lui? Non conosci nemmeno il suo vero nome...

– Passato, futuro... che differenza fa? – rispose lei, senza esitare. – Certo, tu e Genio mi mancherete, ma di solito non siete pipistrelli. E da quando zia Gelsomina è così cambiata, nella torre mi annoio come un fantasma!

Ero ancora sconvolta dalla decisione di Nina, quando uno scricchiolio annunciò che il ponte levatoio stava per essere abbassato. Un attimo dopo il Principe Garrid attraversò il ponte al galoppo e si avviò verso il bosco con un arco a tracolla.

– Ne riparleremo più tardi, Nina. Questa è una decisione troppo importante, non va presa alla leggera! –. L'idea di lasciarla nel passato in compagnia di un pipistrello sconosciuto non mi piaceva nemmeno un po'. Adesso però dovevo seguire il misterioso Garrid. Ai progetti di Nina avrei pensato più tardi.

Era davvero insolito che un membro della famiglia reale se ne andasse a caccia da solo, senza nemmeno uno scudiero, una dozzina di servi, e neppure un cuoco con i cesti delle vivande. Eppure Garrid cavalcava tranquillo, come se gironzolare per conto suo prima del sorgere del sole fosse la cosa più naturale del mondo. In più, correva come un cavaliere da gara! Genio e io riuscivamo appena a volargli dietro.

Garrid si fermò all'improvviso, tanto che rischiammo di finire spiaccicati sulla sua armatura. Poi, altrettanto velocemente, scattò al galoppo come un lampo.

Sentii il tonfo di qualcosa che cadeva a terra.

Volai in fretta in direzione di quel suono e vidi Garrid che sollevava un grosso sacco da caccia e ripartiva al galoppo.

– Strana maniera di cacciare... – commentò Genio.

– Seguiamolo! – sussurrai io con il fiato che mi restava.

Il principe scomparve nell'imboccatura di una caverna e noi lo seguimmo senza farci notare.

Dentro era buio pesto, ma Garrid si muoveva nell'oscurità senza nemmeno una candela o una torcia. Sembrava che ci vedesse meglio di noi pipistrelli. Si tolse il mantello e si voltò verso una grande cassa di legno scuro.

«Deve contenere qualcosa di molto importante se la tiene nascosta qui, nel fondo della foresta» pensai.

Il coperchio si sollevò senza fare il minimo rumore. Allungai il collo per vedere cosa ci fosse all'interno, ma Garrid tirò fuori soltanto un cuscino candido. Dopo averlo sprimacciato, lo rimise nella cassa, ci entrò dentro sbadigliando e si sdraiò.

Il bel sorriso che gli avevo visto al castello, adesso si era trasformato: i suoi denti canini ora erano lunghi e appuntiti come zanne.

Ebbi un sussulto. Il bel Garrid, principe pretendente alla mano della futura Strega Verde di Boscoverdonia, era un vampiro!

Garrid doveva aver sentito il mio verso di

stupore, perché si alzò dal cassone, sbatté le palpebre e guardò nella nostra direzione.

Senza bisogno di dirci una parola, Genio e io schizzammo fuori a gran velocità, tuffandoci nel bosco come due saette.

– Genio, hai visto? È un vampiro! – esclamai inorridita quando ci fermammo a riprendere fiato sotto un pino. – Dobbiamo dirlo subito a Rubina.

– Forse non dovremmo essere così prevenuti – disse Genio, ottimista. – Una volta ho conosciuto un vampiro, ed era un tipo a posto…

In effetti non avevo nulla contro i vampiri, ma non mi entusiasmava il fatto che Adele ne sposasse uno! I vampiri avevano orari stravaganti, non potevano vedere la luce del sole e passavano la maggior parte del tempo a cercare di convincere tutti quelli che incontravano a diventare vampiri a loro volta.

– Beh, se ad Adele va bene avere un marito vampiro… – scherzò Genio. – Del resto anche tu hai un innamorato pipistrello, no? –. E aprì le ali mostrandomi i dentini aguzzi.

Scoppiammo a ridere tutti e due.

Mentre ci affrettavamo verso il castello sentimmo dei nitriti. Tre uomini e i loro cavalli erano fermi in riva a uno stagno. Uno di loro era il Principe Fenton e con lui c'erano un omaccione muscoloso con il collo tozzo e uno alto e sottile con il mento appuntito.

– Che brutti tipi! – commentò Genio.

– Andiamo a vedere cosa succede – dissi volando più basso. – Rubina mi ha chiesto di tenere d'occhio i pretendenti di Adele. E a quanto pare questi principi sono pieni di sorprese...

– Sono stufo delle tue scuse – disse minaccioso l'uomo più basso roteando un grosso bastone. – Mi devi questi soldi da due settimane. Se non me li darai, ti insegnerò io a pagare i tuoi debiti! – grugnì stringendo gli occhi con aria feroce.

– Te l'ho detto, li avrai – mormorò Fenton sudando freddo. – Dopo che la Principessa Adele mi avrà scelto, affretterò la data delle nozze. I forzieri di Boscoverdonia non sono mai stati tanto pieni: pagare i miei debiti sarà uno scherzo. Inoltre sono all'apice della mia carriera di cavaliere, la folla mi adora... diventerò ricco e famoso!

– Cosa ti fa pensare che quella principessa smorfiosa sceglierà proprio te?

– La maggior parte dei pretendenti sono fuggiti quando il re ci ha chiesto di aiutarlo a uccidere quel maledetto drago. E poi, modestamente, io sono il più bello. Mi sceglierà.

– Sarà meglio per te – disse l'uomo più magro. – A Giorgetto non piace aspettare.

Mentre il Principe Fenton rimontava in sella e si avviava verso il castello, Genio e io ci rimettemmo in volo in cerca di Rubina.

Eh sì, quel giorno avevo molte cose da raccontarle sui gentili pretendenti di sua sorella!

10

# Strani ospiti al castello

**Arrivammo al castello** proprio mentre un turbine di vento depositava una piccola strega grassottella dai capelli azzurri al di qua del ponte levatoio.

Molti cavalli abbigliati a festa erano fermi davanti all'ingresso di pietra. Gli ospiti stavano arrivando per la festa. Tornammo umani in pochi secondi (ormai ero diventata esperta in trasformazioni...) e trovai Rubina intenta a sistemare delle candele profumate nell'atrio.

– Oh, Emma! – esclamò appena mi vide. – Finalmente!

Dalla cucina arrivava un delizioso profumo di pane appena sfornato.

Genio annusò l'aria come un segugio. – Se volete scusarmi, – disse – credo di avere un appuntamento con un cosciotto di montone e una pagnotta di pane croccante.

Appena Genio se ne fu andato, condussi Rubina in un angolo appartato dietro gli alberi decorativi di Adele. – Abbiamo seguito Garrid mentre andava a caccia e abbiamo scoperto qual è il suo segreto. Tornando a casa, poi, abbiamo visto Fenton nel bosco: anche lui sta architettando qualcosa!

– Ero sicura che quei due avevano qualcosa da nascondere – rispose lei. – Avanti, Emma, dimmi tutto!

La storia di Fenton e di quei loschi figuri non la sorprese molto. Ma quando le raccontai di Garrid rimase letteralmente sconvolta. Tremava così tanto che gli alberi dietro cui ci eravamo appartate sembravano in preda alla tempesta. – Un vampiro? Qui nel castello? Dobbiamo subito avvertire mio padre! – si agitò Rubina. – E mia sorella! Dobbiamo dirglielo prima che sia troppo tardi...

– Non gridare, Rubina! – la frenai. – Non dobbiamo rovinarle la festa.

– Rovinarle la festa?! Ma così rischia di rovinarsi la vita! –. Rubina si precipitò fuori dal Salone Grande e io le corsi dietro.

Adele era chiusa nella sua stanza con le damigelle, la sarta e la parrucchiera. E si rifiutava di aprire a chiunque altro.

– Adele! – gridò Rubina battendo i pugni sulla porta. – Aprimi, ti devo parlare!

– Ora sono molto impegnata – rispose lei. – Ahi! Fate attenzione con quelli spilli! Se mi pungete un'altra volta vi faccio gettare nel fossato!

– Ti prego, è davvero importante! – insistette Rubina. – Fammi entrare...

– Se è tanto importante, non puoi dirmelo da lì? – rispose Adele. – Sono intrappolata nel vestito come un salame e...

Rubina non poteva certo mettersi a gridare in mezzo al corridoio che il meraviglioso Principe Garrid in realtà era un vampiro. Così decise di andare in cerca di suo padre.

– Re Verdonio? Mi dispiace, principessa, ma Sua Altezza è fuori con Eugenio – le comunicò il maggiordomo. – Il principe gli mostrerà come piazzare le trappole per lupi mannari.

– Ridicolo... Mio padre si preoccupa dei lupi mannari, quando ha un vampiro in casa! – sospirò Rubina.

In quel momento passò la regina, già agghindata per la festa. Il suo vestito d'argento era così scintillante che sembrava illuminare il corridoio buio.

– Ragazze, – ci chiamò osservando i nostri vestiti sgualciti – sono certa che entrambe possedete abiti più adatti per la serata. Non credete che sia ora di andare a prepararvi?

– Madre, vorremmo parlare con Adele, ma non vuole lasciarci entrare. Stai andando da lei?

– Sì, ma voi due andrete dritte a fare un bel bagno caldo nei tuoi appartamenti – disse a Rubina con un tono che non ammetteva repliche. – Ah, Emma, – aggiunse – credi che potresti fare qualcosa per i tuoi capelli? Sembra che ci abbia appena fatto il nido una cicogna.

– Madre, – insistette Rubina – abbiamo scoperto qualcosa sul conto di Garrid che Adele deve assolutamente sapere. Se potessimo parlarle solo per un minuto...

– Capisco – rispose la regina. – Ma non farai niente del genere, mia cara! L'ultima cosa che voglio oggi è che tua sorella riceva cattive notizie. Questo è un gran giorno per lei e non c'è alcun motivo di rovinarglielo con qualche storiella strampalata. E adesso per favore andate subito in camera vostra.

– Mamma, in realtà Garrid è un v...

Ma la regina si stava già dirigendo verso la scala d'onore.

Cominciavo a innervosirmi. Possibile che in quell'enorme castello non ci fosse una sola persona disposta ad ascoltarci? Rubina, più delusa di me, si mordicchiava le unghie nervosamente.

– Non ti preoccupare, – cercai di rassicurarla mentre ci affrettavamo verso la sua stanza – diremo tutto ad Adele durante la festa.

– Già, se riusciremo a farci strada tra le balze del suo vestito! – rispose lei con un sospiro.

Dalla finestra vidi un anziano mago a bordo di un tappeto che stava atterrando a spirale su una torretta, e una mezza dozzina di streghe che planavano su poltrone soffici ricoperte di cuscini rossi.

– Sarà meglio vestirci, credo che la festa stia per cominciare – disse Rubina. – I tuoi abiti nuovi ti aspettano sul paravento. La sarta di mia madre li ha consegnati questa mattina.

Indossai una tunica dorata con un mantello coperto di farfalle ricamate.

– Emma, secondo te dopo che Adele avrà sentito quello che abbiamo da dirle su Garrid sceglierà Gaspare? – mi domandò Rubina mentre si pettinava i capelli.

– È probabile – risposi io alle prese con l'allacciatura del mio mantello. – È un ragazzo molto affascinante. E almeno non è un vampiro...

Quando vidi la sua espressione delusa, però, mi pentii di averle risposto così.

In pochi minuti Rubina si era trasformata in una principessa elegantissima: aveva i capelli intrecciati con un cordoncino argentato che brillava ogni volta che muoveva la testa, e sopra la veste azzurra come un cielo estivo indossava un mantello blu orlato d'argento che ricordava una notte stellata.

– Oh, stavo per dimenticare il regalo per Adele! – disse prima di uscire, prendendo un delicato cerchietto per capelli da un minuscolo forziere.

– Oh no! – esclamai. – Ecco che cosa dovevo ricordarmi di ricordare... il regalo per tua sorella!

Dovevo trovare al più presto un dono per la principessa, ma non potevo presentarmi con una sfera di cristallo o una bacchetta magica, altrimenti tutti avrebbero capito che ero una strega e avrebbero cominciato a sospettare di me. Questo però non significava che fosse vietato chiedere aiuto alla magia per confezionarlo...

Frugai nella mia borsina di seta e tirai fuori

il mozzicone di candela che mi era rimasto: era piuttosto piccolo, ma sarebbe bastato.

Pochi minuti dopo, lasciai sul tavolo dei regali una perfetta riproduzione in cera del castello: era completa di fiori in miniatura, acqua nel fossato e creature magiche svolazzanti tutt'intorno. Per essere un regalo d'emergenza potevo essere soddisfatta!

– Ehm, non sarà così facile trovare Adele... – dissi a Rubina mentre osservavo il Salone Grande, affollato di ospiti di ogni forma, colore e dimensione.

Fatine volanti non più alte del mio pollice parlavano con imponenti cavalieri vestiti di cuoio. Altre fate, più grandi, erano vestite di foglie e di raggi di luna e agitavano la testa spargendo petali di fiori.

Anche i maghi avevano fatto a gara per essere speciali. Uno portava un mantello nero su cui erano disegnati numeri e simboli che cambiavano in continuazione come su una lavagna magica. Un altro indossava un abito azzurro decorato di nuvole in movimento. Un terzo, infine, era avvolto in un mantello a specchio che piacque moltissimo alle signore invitate: damigelle e principesse facevano a gara a rimirarsi su di lui.

E le mie "sorelle" streghe non erano da meno: vidi gonne arcobaleno che distribuivano caramelle, cappelli parlanti pronti a intonare "buon compleanno" e abiti di muschio carichi di mirtilli che emanavano il profumo della foresta.

– Di che colore è il vestito di Adele? – domandai a Rubina, cercandola in mezzo a quel gruppo variegato.

– Mi ha detto soltanto che il suo vestito sarebbe stato di gran lunga più bello del mio – mi gridò lei, schivando uno stregone in volo.

Mi fermai un attimo a osservare le fate che svolazzavano intorno ai lampadari, chiedendomi quale di loro avrebbe pronunciato la maledizione che mi aveva portato fin qui.

Schivando la folla raggiunsi i tavoli del banchetto. Il primo era coperto di tazzine fatte di gusci d'uovo piene di idromele, la bevanda preferita dalle creature magiche. Il secondo traboccava di violette candite, gelatine di ribes, pasticcini alla rosa e altre incredibili dolcezze. Sul terzo c'era ogni genere di arrosti: fagiani, pavoni, cinghiali caramellati e vassoi di patate al forno con salsa saporita. Lì, neanche a dirlo, incontrai Genio.

Schiacciato tra un cavaliere in armatura e una fata in calzamaglia, aveva tre piatti in una mano e con l'altra tentava di afferrare uno spiedino. Per distrarlo da tutto quel cibo, mi piazzai tra lui e il tavolo.

– Uau, che schianto! – disse lui lasciando cadere tutte le pietanze.

– Grazie! – risposi. – Hai visto Adele?

– Macché, deve essere ancora occupata a prepararsi.

Mentre passavamo davanti ai musicisti al centro della sala, una brezza leggera ci scompigliò i capelli. Anche gli stendardi appesi al soffitto e le foglie degli alberi presero ad agitarsi.

– È la maga Brezzolina – mi spiegò Rubina. – Non si muove mai senza i suoi venticelli.

– Non sapevo che da queste parti ci fossero tante streghe.

– Sono venute da molto lontano – disse Rubina prendendomi per mano. – Lascia che te ne presenti qualcuna.

Quattro streghe parlottavano fitto accanto al tronco di un albero. Quando ci avvicinammo, alzarono tutte gli occhi con sguardi sospettosi, finché non riconobbero Rubina.

– Salute, principessa! – disse una strega bellissima con capelli e ciglia d'oro ed enormi occhi ambrati. – Che splendida festa! – aggiunse con voce calda e profonda.

– Scarlatta, ti presento Emma, una delle mie cugine. E questo è il suo amico Eugenio.

– Piacere – disse la strega dai capelli d'oro.

All'improvviso tutte e quattro si voltarono: era comparsa una nuova strega, magrissima e con lunghi capelli color topo. Tutto in lei era sottile: il viso, il corpo, le mani e la voce, stridula e piagnucolosa. Al contrario delle altre, non sembrava essersi vestita a festa: la sua tunica era grigia e scolorita e aveva l'orlo mezzo disfatto.

Scarlatta fece una smorfia. – Guardate, è mia sorella Scrofula. Sarà meglio che non ti avvicini troppo, – disse poi alla nuova venuta – i venti di Brezzolina potrebbero farti volare via...

Scrofula strinse gli occhi. – Oh, non sarò certo io a volare via. Sappiamo tutte che sei soltanto un pallone gonfiato, Scarlatta!

– Bada a come parli! Se non fossimo ospiti di questa bella festa io ti...

– Non osare! – rispose Scrofula con aria di sfida.

Rubina mi prese da parte. – Emma, dobbiamo fare qualcosa. Quelle due sono famose per le loro terribili litigate!

I bisticci tra streghe spesso finivano per comprendere l'uso della magia, mettendo a rischio tutti i presenti. Ficcai la mia tazzina tra le mani di Scarlatta e chiesi: – Hai già assaggiato l'idromele?

– Come dici, cara? – rispose lei distraendosi un attimo.

– È davvero buono – dissi. Poi finsi di inciampare. L'idromele schizzò fuori dalla tazzina di guscio, proprio sulla stoffa rosso fuoco del vestito di Scarlatta.

– Razza di imbranata! – tuonò lei con voce scortese. Poi fulminò tutti i presenti con un'occhiataccia e scomparve.

– Sei stata fantastica! – esclamò Rubina mentre cercavamo Adele.

Ma dov'era finita? Possibile che avesse deciso di non partecipare alla propria festa di compleanno?

Stavo prendendo in considerazione l'idea di mandare un paggio a cercarla in camera sua, quando una fatina che stavo superando sbatté le ali ondeggiando paurosamente e mi urtò un orecchio.

– Ooops, scusa! – disse la fata sventolandomi in faccia un boccale di idromele più grande di lei. – Mi gira un po' la testa…

– Emma, Genio, vi presento la fatina della palude – ci disse Rubina.

Rimasi a bocca aperta, e anche Genio fissò la fata con un'espressione sorpresa.

Avevamo incontrato la fata della palude quando eravamo ranocchi. Allora era più vecchia, aveva dei fili grigi tra i capelli blu e la sua gonna di petali sembrava meno fresca... Ma era decisamente la stessa fata. Al contrario delle streghe, che sono mortali, le fate infatti vivono in eterno.

Naturalmente lei non ci riconobbe (ci aveva incontrati qualche secolo dopo!). Sbattendo le ali si levò in aria senza guardare e andò quasi a finire contro una coppia che stava ballando. – Ehi, state attenti a dove mettete i piedi! – esclamò indignata.

Rubina, Genio e io stavamo ancora cercando Adele, quando suonò una campanella con un tintinnio dolce e melodioso.

– Signori, attenzione per favore! – disse una voce.

Il brusio in sala si abbassò.

– Eccola! – esclamò Genio, indicando una piattaforma rialzata.

Circondata dalle dame di compagnia, Adele dominava la sala. La sua tunica e il suo mantello erano tessuti d'oro, tra i capelli aveva diamanti e zaffiri e in testa portava una coroncina di fiori di smeraldo che non smettevano di luccicare.

– Devo arrivare lassù – sussurrò Rubina cercando un modo per raggiungere sua sorella. Vedendo un varco tra due cavalieri, ci si infilò. Io la seguii a ruota.

– Grazie a tutti di essere qui – disse Adele con molta eleganza. La sua voce si udiva così forte che sembrava amplificata come per magia. – Spero che il banchetto e le vivande vi siano piaciuti e desidero aprire i regali davanti a voi.

Aprire i pacchetti non fu un'impresa da poco: dopo i regali dei parenti (coppe intarsiate, forzieri, stoffe rare e morbidissime...), fu la volta di quelli delle streghe: una scopa che volava ad alta velocità, un anello che riconosceva i veleni, la tessera di socia onoraria dell'Accademia della Mela Stregata, che le dava diritto a una mela stregata al mese, un flauto d'argento che suonava da solo... E poi una gonna di petali di rosa da innaffiare ogni giorno e una minuscola gabbietta dorata con un colibrì che deponeva uova d'oro.

Dopo che Adele ebbe scartato circa duemila e quattrocento pacchetti, un'anziana fata vestita di foglie di salice le porse un anello. Era lo stesso che avrei portato al dito io molti secoli dopo!

– Il mio dono per te, dolce Principessa Adele, durerà per tutte le generazioni future – disse la fata ad alta voce. – Da oggi in poi, e per sempre nel futuro, la strega più buona e più potente del tuo regno porterà quest'anello e si chiamerà Strega Verde. Adele, da oggi avrai più potere, ma anche più responsabilità: la Strega Verde ha il compito di proteggere il suo regno, usando la magia per garantire la sicurezza dei suoi abitanti, umani e magici –. Prendendo tra le sue la mano di Adele, la fata le infilò l'anello al dito e dichiarò: – Io ti nomino prima Strega Verde.

Uno scroscio di applausi invase la sala.

Adele fece una riverenza e ringraziò, ammirando il suo anello nuovo. – E adesso, signore e signori, fate e folletti, streghe e maghi d'ogni regno, – disse poi la principessa – l'annuncio che tutti state aspettando.

– Oh no! – esclamò Rubina sgomitando tra gli invitati. – Ora sceglierà tra i suoi pretendenti e...

– Un momento! – gridò una voce. Gaspare si fece avanti tra la folla. – Prima che tu annunci chi sarà il tuo sposo, devo dire una cosa –. Il principe fece un sospiro e aggiunse: – Adele, non sono degno della tua mano. Se per caso tu scegliessi me, non potrei sposarti. Mi sono innamorato di un'altra ragazza.

– Ti ringrazio, Gaspare – rise Adele un po' nervosa, scansandolo con la mano. – Ma non ti avrei scelto comunque.

– Davvero? – trillò Rubina entusiasta. Ma il sorriso le morì sulle labbra appena udì il resto delle sue parole: – Sposerò il Principe Garrid. Le nozze saranno celebrate entro la fine del mese.

– Non puoi sposarlo! – gridò Rubina senza riuscire a trattenersi. – Garrid è un vampiro!

Nel salone calò il silenzio.

Adele guardò la sorella stupita. – E allora? – disse. – Nessuno è perfetto! –. Poi tornò a rivolgersi agli ospiti: – Oh, dimenticavo: ho un regalo per ognuno di voi!

Scrutai la sala preoccupata. Sarebbero bastati per tutti?

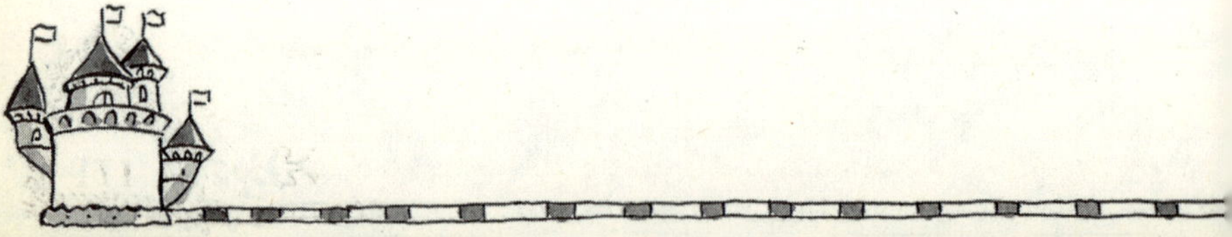

# 11

# Mai offendere una fata!

**Il mattino dopo** il ricevimento, gli ospiti erano molto meno eleganti.

– La mia scopa, chi ha visto la mia scopa?! L'avevo parcheggiata proprio qui! – strillava una strega con il vestito tutto stropicciato.

– E il mio gufo? – le fece eco un mago anziano con il cappello di traverso.

Il tavolo con i mazzolini semprefreschi era quasi vuoto ormai, ma quando l'ultima ospite venne a reclamare il proprio regalino prima di lasciare il castello, fui felice di notare che ne rimanevano ancora due.

– Sei sicura che questa sia l'ultima ospite? – chiesi a Rubina indicando Scrofula.

– Tranquilla, ho fatto setacciare tutto il castello – rispose lei soddisfatta.

– Forse ce l'abbiamo fatta – dissi sollevata tra me e me, sedendomi su una grande panca.

Vidi Scrofula afferrare anche l'ultimo mazzolino. – Mia sorella Scarlatta è andata via presto. Glielo darò io – disse la strega.

– Per un pelo... – commentai, guardando Scrofula che si allontanava con i due mazzi.

– Perché ti preoccupi tanto? – chiese Rubina. – Se dovessero finire, Adele potrebbe sempre farne altri, no?

– Altri cosa? – intervenne il Principe Garrid all'improvviso.

Non l'avevo sentito entrare nella sala.

E a quanto pareva neanche Adele. – Ma dove accidenti ti eri cacciato? – disse, fissandolo con sguardo gelido. – Ti ho cercato dappertutto. Proprio la sera dell'annuncio, il mio futuro sposo è assente! Bella figura mi hai fatto fare...

– Cominciamo bene, eh? – mi sussurrò Rubina in un orecchio.

– Dovevo, ehm... occuparmi di alcune faccende... Ma ora mi dedicherò soltanto a te – disse il principe abbracciandola.

Distolsi lo sguardo e notai qualcosa di piccolo e nero volare dalla finestra centrale e atterrare su uno degli alberi di Adele.

– Nina, sei tu? – domandai piano.

Una testolina sbucò da dietro un ramo. – Non mi avevi detto che c'erano degli alberi nel castello! – borbottò la pipistrellina. – Avrei potuto starmene comodamente qui dentro.

– Sono qui solo da stanotte – spiegai. – Adele li ha fatti crescere per la sua festa. Nina, tra poco tornerò a Boscoverdonia – aggiunsi. – Voglio dire, nel futuro. La festa è finita. C'erano abbastanza fiori per tutti, sai? Non è stata pronunciata nessuna maledizione.

Nina si sistemò a testa in giù su un ramo. Sembrava un po' distratta. – Per caso hai visto Pippy? È arrivato in ritardo al nostro appuntamento e si è comportato in modo un po' strano, così ho deciso di seguirlo. L'ho visto entrare nel castello. Deve essere qui, da qualche parte…

– Sei il primo pipistrello che vedo oggi.

All'improvviso udii un suono provenire dalla cima dell'albero.

– Emma, che cos'è stato? – chiese Rubina dall'altro lato della sala.

Tra le foglie sbucò la fata della palude. Si mise a sedere e mi guardò stropicciandosi gli occhi con le mani. – Che giorno è? – domandò confusa.

– E tu da dove sbuchi? – sbottò Adele raggiungendoci accanto all'albero. – La festa è finita da un pezzo. Gli altri ospiti sono già andati tutti via.

Nina, all'arrivo di Adele, cercò di farsi piccola e invisibile.

– Ma... cielo, quello è un pipistrello! – inorridì la principessa, indietreggiando. – Che cosa ci fa quella bestiaccia nel mio castello? Fuori di qui! – strillò, lanciando una tazzina di idromele addosso a Nina Puzzina.

La tazzina la mancò di qualche centimetro, ma la pipistrellina si spaventò ugualmente e cadde sul tappeto ricamato, cominciando a battere freneticamente le ali.

Adele si avvicinò minacciosa. – Io *odio* i pipistrelli!

Garrid le si piazzò davanti all'improvviso sbarrandole la strada e gridò: – Non farle del male! Quella è Nina Puzzina!

Corsi verso il tappeto per aiutare Nina, ma Garrid arrivò prima di me. La prese delicatamente tra le mani, poi l'accarezzò dolcemente. – Non avere paura, Nina. Sono io, Pippy!

– *Pippy?!* Che cosa significa? – domandò Adele, diventando rossa come un peperone. – Come fai a conoscere quell'orribile pipistrello? Esigo delle spiegazioni!

Garrid alzò lo sguardo. – Adele, io...

Nina riuscì a divincolarsi dalle mani del principe, si alzò in volo e si precipitò verso la finestra aperta.

– Perdonatemi – intervenne la fata della palude, massaggiandosi le tempie con la punta delle dita. – Devo aver esagerato con i festeggiamenti e mi sono addormentata... Ma appena preso il mio regalino, toglierò subito il disturbo.

In quel momento un'ombra passò sul viso di Garrid. Una folata di aria fredda e umida invase la sala. Il principe si trasformò in un pipistrello e seguì Nina fuori dalla finestra.

Adele strillò.

– Ehm, a proposito di quel regalino... – insistette la fata.

Paonazza, Adele si voltò a guardarla con occhi di fuoco. – Specie di moscerino, la vuoi smettere di infastidirmi!? – gridò. – Non vedi che ho un piccolo problemino? Il mio promesso sposo è appena volato via dietro a una disgustosa pipistrella! Quanto ai mazzi di fiori, mi rincresce ma sono finiti. Quindi, se non ti dispiace, lasciami in pace!

A quelle parole lo sguardo della fata della palude si fece duro come il ghiaccio.

Gli occhi di tutti erano puntati su di lei.

Le fate, si sa, sono molto permalose. Zia Gelsomina mi raccomandava sempre di non offenderne mai una.

– Nessuno osa parlare così alla fata della palude – tuonò rivolta ad Adele.

L'aria intorno a lei cominciò a luccicare di bagliori sinistri.

Poi la fata alzò le braccia verso il soffitto e declamò a gran voce:

*Sei proprio maleducata...*
*Non si tratta così una fata!*
*Un prezzo alto pagherai,*
*che mai più ti scorderai!*

*Appena sedici anni avrai,*
*se un sol fiore toccherai,*
*mai più sarai così bella*
*ma solo un'acida zitella!*

*La dolcezza svanirà*
*e nessuno ti vorrà!*
*Caratteraccio, porri in faccia*
*per un'orribile stregaccia!*

*Figlie e nipoti dal bel viso*
*se dopo il dì da me deciso*
*un solo fiore toccheranno*
*il tuo destino seguiranno!*

*Il sortilegio durerà*
*fino a che il tuo grande amore*
*con un bacio tornerà*
*e ti farà battere il cuore.*

Quando la fata ebbe finito di pronunciare la sua maledizione, tuoni e fulmini invasero la sala. Un vetro si frantumò e le candele si spensero all'improvviso.

Rubina scoppiò a piangere, ma Adele la rassicurò: – Non avrai paura di quella fata da quattro soldi, vero? Io sono una strega! La mia magia è più forte della formuletta pronunciata da quella fata stordita.

Io ero ancora sconvolta dalla scena a cui avevo appena assistito.

Mi ero data da fare con i mazzolini per evitare che la maledizione venisse scagliata e proprio quando pensavo di avercela fatta... «Però ho sentito le sue parole!» mi dissi per consolarmi del fallimento. «In fondo è per questo che sono venuta nel passato...»

All'improvviso mi ricordai di Nina. Doveva essere disperata! Non soltanto il suo Pippy era un vampiro, ma stava anche per sposare una principessa decisamente antipatica.

Uscii di corsa e trovai Nina e Garrid sotto una pioggia battente.

– E così eri uno dei pretendenti della principessa! – piagnucolava desolata Nina.

– Mi dispiace – si scusò lui. – Non volevo che succedesse. Non ho mai voluto farti del male. Se solo potessi, sposerei te! Ma quando ci siamo conosciuti avevo già offerto la mia mano ad Adele e sono abituato a mantenere la mia parola. Se solo ci fossimo incontrati prima, io... –. Garrid sembrava sincero.

– E io che pur di stare con te avevo deciso di rimanere qui! – gridò Nina. – Emma, torno al castello con te – disse poi, appena mi vide. – Mi è venuta un'improvvisa nostalgia del nostro mondo – aggiunse infilandosi nella mia manica.

Indossati i miei vecchi vestiti, presi la mia borsina di seta e la sfera magica e scesi per salutare.

– Ci pensate? Una pipistrellina! – sentimmo gridare.

La Principessa Adele non aveva preso molto bene la nuova amica del suo fidanzato. La regina e le dame di compagnia la osservavano senza dire una parola.

– È terribile – sospirava sua madre.

– Lo so, paragonarmi a quella bestiaccia schifosa...

– È terribile che tu abbia offeso una fata! – si spiegò meglio la regina.

Adele alzò gli occhi rossi dal pianto. – Non essere ridicola, madre. Le fate non possono lanciare maledizioni contro le streghe! Guarda, voglio dimostrartelo, – aggiunse sicura – ti stai preoccupando inutilmente.

– Adele, non lo fare! – gridò la regina mentre la figlia si dirigeva verso un grosso fiore che pendeva da un rampicante.

Quando Adele affondò il viso nel fiore per annusarlo, nella stanza calò un silenzio spettrale.

– Principessa – disse Garrid, tornato nuovamente umano, entrando nella sala. Aveva gli occhi tristi e mi fece quasi tenerezza. – Mi dispiace per quello che è successo. Spero che accetterai le mie scuse.

– Già accettate! – esclamò Adele, sollevando il viso dal fiore.

Tutti rimasero a bocca aperta. I suoi occhi erano diventati piccoli e neri. Naso e mento erano tanto lunghi e appuntiti da incontrarsi quasi davanti alla bocca. E sulla sua guancia sinistra era spuntata una grossa verruca pelosa.

La regina emise un grido e svenne. Lo stesso fecero le sue damigelle, poi le cameriere e infine le fantesche. Sembravano tanti birilli.

Garrid impallidì, ma rimase in piedi senza un tentennamento.

– Dicevamo, amore mio? – gracchiò Adele sistemandosi i capelli arruffati e stopposi. – Ah, sì, ti perdono... Ma d'ora in poi niente scorribande notturne con le tue amiche volanti! E niente battute di caccia. Starai a casa con me. E farai tutto quello che ti dico io.

Garrid sembrava aver perso la parola. Ma a ogni nuova frase di Adele faceva un passo indietro, allontanandosi dalla sua futura sposa: Adele stava ancora elencando i cambiamenti che sarebbero stati necessari alla sua futura vita di principe di Boscoverdonia, quando arrivò alla porta.

– Mi pare evidente che non posso più fidarmi di te. Dunque dovrò sapere dove ti trovi in qualsiasi momento del giorno e della notte. Farai rapporto a me ogni dieci minuti e non ti azzardare a... –. Adele era così presa dalle sue nuove regole che non si accorse che Garrid era sparito fuori dalla porta. – E ora dove stai andando? – strillò poco dopo con un sorriso maligno e sdentato.

Una folata di aria fredda e umida mi avvertì che Garrid era tornato pipistrello.

– Bene – disse Nina, sbucando dalla mia manica. – Immagino che adesso lui abbia cambiato idea.

– E tu? – domandai curiosa.

– Io voglio tornare a casa mia –. E asciugandosi una lacrima con l'aluccia, si rituffò nella mia manica.

# 12

# Ritorno al presente

**Quando lasciammo** il castello, niente era come l'avevamo trovato al nostro arrivo. Atterriti dalla maledizione, nobili e dignitari facevano i bagagli in tutta fretta e li caricavano sui carri e sui cavalli da soma nella speranza di andarsene al più presto.

Il Principe Fenton se l'era svignata tra i primi, portandosi dietro una delle dame di compagnia di Adele. La regina, dopo lo svenimento, si era ritirata nelle proprie stanze e non si era più vista.

Nessuno osava avvicinarsi a Re Verdonio: poco esperto di magia, vaneggiava da ore che si doveva rintracciare la fata e convincerla, magari offrendole dei soldi o un piccolo regno, a ritirare la maledizione.

Io ero pronta per partire, ma prima di farlo volevo salutare Rubina. Genio e io la scovammo in un'anticamera silenziosa, lontano dalla confusione che regnava nel resto del castello. Quando mi avvicinai, mi accorsi che non era sola. E non sembrava nemmeno troppo triste... Gaspare le teneva le mani e non pareva avesse alcuna intenzione di lasciarle andare.

– Emma! Voglio che tu sia la prima a saperlo! – esclamò Rubina appena mi vide. – Gaspare mi ha appena rivelato che è innamorato di me. Vuole chiedermi in sposa!

– E tu cosa gli hai risposto? – domandai conoscendo già la risposta.

– Ho detto sì! – rispose lei, arrossendo. – Ma dovremo aspettare che io compia almeno sedici anni.

– Gli hai detto che...?

– Che sono una strega? – rispose Rubina.

– Strega o meno, sono così felice che voglia sposare un tipo qualunque come me! – intervenne a quel punto Gaspare.

– Vedo che hai già ereditato l'anello – dissi a Rubina indicandole la mano.

Lei abbassò lo sguardo a contemplare stupita l'anello verde che aveva al dito. – Com'è arrivato qui? Fino a un attimo fa non l'avevo!

– Quell'anello appartiene alla Strega Verde. E adesso quella strega sei tu.

– Ma com'è possibile? – domandò Rubina. – Adele ha ricevuto il titolo soltanto ieri.

– Ricordi che cos'ha detto la fata? La Strega Verde sarà la più buona e più potente di Boscoverdonia. Non ho mai pensato che Adele fosse molto buona, ma quella fata forse lo pensava. Comunque, la maledizione l'ha trasformata in una persona cattiva e dispettosa. E ora l'anello è qui, sul tuo dito. Dunque...

– Sono io la Strega Verde? –. Rubina sembrava stupita. – Tu sei molto più potente di me. Perché il titolo non è andato a te?

Sapevo che Rubina aveva già intuito qualcosa e decisi di essere sincera. – Io sono già la Strega Verde di Boscoverdonia, ma nell'epoca da cui provengo. Ce ne può essere solo una alla volta. Mi capisci?

La ragazza si portò una mano alla bocca. – Certo! Tu in realtà non sei mia cugina, vero? I tuoi vestiti, il fatto che sei apparsa dal nulla e...

– Hai indovinato – dissi sollevata. – Diciamo che... siamo lontane parenti.

Se Rubina era la prima vera Strega Verde, lei e Gaspare erano miei antenati.

– Non ci vedremo più, vero? – domandò Rubina con gli occhi lucidi.

– In un certo senso sarai sempre con me.

– È stato bello incontrarvi – sorrise lei. – Eugenio, prenditi cura di Emma.

Ero contenta di aver conosciuto quella fantastica Strega Verde. In più ora sapevo come porre fine alla maledizione, anche se non sarebbe stato facile.

Per questo ero impaziente di tornare a casa.

Genio e io scendemmo nel trabocchetto, dove pronunciai la formula di ritorno:

*Al futuro fammi tornare*
*nel momento da cui vengo:*
*prima che inizino le gare*
*in quel giorno a cui più tengo!*

Ci ritrovammo quasi all'istante in quel tunnel buio che all'andata mi aveva spaventata tanto. Prima di farci atterrare, il vento ci fece ruzzolare a lungo come trottole.

Mentre cercavo di ritrovare l'orientamento, una pioggia di oggetti cominciò a colpirmi in testa. A un tratto qualcosa mi cadde sulla schiena assestandomi un morso: eravamo finiti sui nostri amici teschi sparpagliandoli in ogni direzione! Rotolai su un fianco, cercando di allontanarmi.

– Ehi, mi stai schiacciando! – protestò Nina con voce soffocata.

– Scusami! – dissi io facendola uscire dalla manica e mettendomi a sedere.

Poi mi scrollai di dosso la polvere e mi guardai intorno: il nonno era andato via e il mucchio di teschi era sparpagliato un po' ovunque.

– Di nuovo quella rompiscatole! – borbottò uno dei teschi. – E ci sono anche il suo amichetto e quello strano uccello...

– Non essere scortese, Halifax – lo riprese una voce. Poi una mano si alzò dalla pila di ossa e mi salutò sventolando le dita. – Salve – disse lo scheletro. – Che piacere rivedervi. Avete fatto buon viaggio?

– Ottimo, grazie – risposi.

Fingendo di non sentire le proteste dei teschi, Genio li raccolse e li posò ordinatamente nel mucchio.

– Ehi, ma chi ti credi di essere? – strillò uno di loro mentre veniva trasportato al suo posto.

– Mettimi giù, o ti terrorizzo! – strillò un altro muovendo la mascella.

Quando anche l'ultimo teschio fu sistemato, portai la mano alla borsina di seta e dissi: – Ho il medaglione di Ubaldo. Grazie per avermelo prestato.

– Ubaldo, il tuo medaglione è tornato! – gridò uno dei teschi.

La pila di ossa si scostò, mentre una mano si alzava sventolando le dita.

Le restituii il medaglione, poi la mano risprofondò soddisfatta nel mucchio.

– Ora possiamo andarcene di qui o dobbiamo rimanere con queste teste vuote? – domandò Nina.

I teschi grugnirono offesi.

– Senti, ragazza, – mi chiese uno di loro – ci stavamo domandando se potessi lasciarci quella bella palla luminosa. Avere un po' di luce qui dentro ci rende allegri.

– Ma certo, perché no? – risposi contenta.

Poi pronunciai la formula e Genio e io ci trasformammo in pipistrelli.

– Complimenti! – dissero i teschi in coro.

Tutte le mani nel mucchio si mossero, cominciando ad applaudire.

– Oh, no! Di nuovo pipistrelli? – protestò Genio. – E se poi Nina si innamora di me? Sai, ha un debole per i principi…

Lo guardai severa, temendo che quella battuta ricordasse a Nina il suo amore infelice.

Lei però scoppiò a ridere. – Non ti preoccupare, Genio, tu sei troppo brutto per me...

Quando arrivammo alla stanza di Gelsomina, prima di bussare tornammo umani.

Nessuno venne ad aprire, quindi socchiusi la porta e feci capolino. La zia non c'era, ma c'era, come sempre, il topo Verruca. Se ne stava accoccolato sulla sua coperta ammuffita, rosicchiando una vecchia buccia di zucca.

– Ah, siete tornati – disse con scarso entusiasmo, arricciando il nasetto appuntito. – Se cercate Gelsomina, non c'è.

– Dov'è andata? – domandai.

Verruca fece una smorfia. – E io che cosa ne so? Non sono mica il suo portinaio!

Sul tavolo di lavoro di Gelsomina, in una gabbietta, trovammo il piccolo porcellino d'India coperto da una pelliccia lunga e fitta.

– E qui dentro che c'è? – domandò Genio sollevando il coperchio del calderone di mia zia. – Bleah, che puzza di cavoli marci...

Strappandogli il coperchio dalle mani, gridai: – Non toccare nulla! Potrebbe essere pericoloso. Non sappiamo che cosa stia combinando la zia –. Diedi un'occhiata nel calderone, dove una sostanza violacea ribolliva scoppiettando.

– Richiudilo subito – squittì Verruca, avvicinandosi al calderone. – Gelsomina si infurierà! Nessuno può toccarlo tranne lei! –. E mordicchiandomi con i suoi orribili dentini cercò di farmi cadere il coperchio dalle mani.

– Smettila! – esclamai, facendo un passo indietro.

In quel momento una grossa bolla di pozione scoppiò, lanciando in giro una pioggia di goccioline scintillanti. Una di quelle atterrò proprio su Verruca, che prese a rotolarsi avanti e indietro come se stesse andando a fuoco.

– Beh, il suo aspetto non può che migliorare... – commentò Genio.

Verruca iniziò a rimpicciolire e il suo pelo, prima scialbo e rado, divenne lungo e lucente. La pelliccia gli stava crescendo così in fretta che ben presto il muso e le zampe furono completamente nascoste da una massa spessa e pelosa.

– Te l'avevo detto di non toccare il calderone – piagnucolava. – Visto cosa succede a ficcare il naso nelle cose altrui? Un Troll delle paludi avrebbe più cervello di voi tre messi insieme!

Dopo aver richiuso il coperchio lasciammo subito le segrete.

Nina volò nella torre per fare un pisolino, Genio passò dalla dispensa per uno spuntino e andò a controllare come stava Belpaese nella scuderia. Io invece andai a cercare zia Gelsomina.

Chiesi a una delle cameriere se avesse visto mia zia, ma quando quella fece per rispondermi, rimasi di stucco: sebbene le sue labbra si muovessero, non ne uscì alcun suono, solo una sfera lucida e trasparente simile a una bolla di sapone, che divenne sempre più grande man mano che la cameriera si sforzava di parlare.

Cercai di chiederle che cosa le fosse successo ma, nonostante i miei sforzi, nemmeno io riuscii a emettere alcun suono. Anzi, anche dalle mie labbra uscì una grossa bolla.

Sgranai gli occhi, sconvolta, finché la ragazza indicò in alto. Quando alzai lo sguardo mi accorsi che il soffitto era coperto da centinaia di bolle lucide.

«Un'altra trovata di Gelsomina» pensai furibonda.

Andai nel Salone Grande, decisa a trovare la zia. Invece trovai mia madre.

Stranamente non mi rimproverò per il mio vestito spiegazzato, e nemmeno mi chiese se ero stata dalla sarta. Mi diede soltanto un lungo spillone, tirandone fuori uno uguale per sé.

Cercai di chiederle che cosa stesse succedendo, ma un'altra grossa bolla si staccò dalle mie labbra. Prima che salisse verso il soffitto, però, mia madre la punzecchiò con lo spillone.

Quando la bolla scoppiò, le mie parole ne uscirono chiare come se le avessi appena pronunciate.

Poi fu il turno di mia madre: indicò il mio spillone e, lasciando uscire una sfera dopo l'altra, cominciò a parlare. Anche se cercavo di scoppiare le bolle il prima possibile ascoltando le parole che ne uscivano, la mamma parlava così in fretta che le frasi si mischiarono una all'altra in una confusione totale.

– I genitori di Genio arriveranno oggi pomeriggio – disse una bolla.

– Li indosserai, che ti piacciano o no... – dichiarò un'altra.

– E i gioielli? Li hai già provati?

– Si può sapere dove ti eri cacciata?

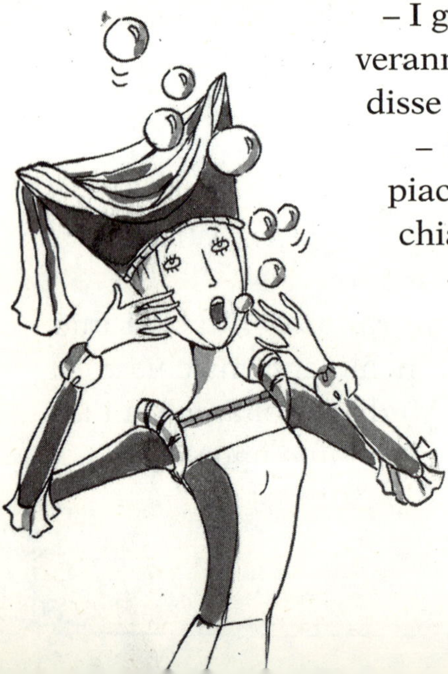

– Ti ho fatto forgiare un diadema nuovo...

– Il torneo comincia domani.

– Abbiamo dovuto ordinare altri tendoni.

– Ci sta facendo impazzire.

Probabilmente la maggior parte delle bolle mi sfuggì... Erano talmente tante che non riuscii a scoppiarle tutte. Comunque, in quel mare di parole, venni a sapere che i genitori di Genio erano in arrivo e che l'incantesimo di ritorno mi aveva fatto materializzare nel giorno prima dell'inizio del torneo.

Non avevo molto tempo: dovevo assolutamente convincere Gelsomina a fare qualcosa per le bolle parlanti, o i parenti di Genio si sarebbero trovati in un bagnoschiuma di parole!

Trovai la zia accovacciata accanto al fossato, mentre cercava di far uscire dall'acqua un viscido mostriciattolo.

– Che succede, Gelsomina? – sbottai, stupita di sentire la mia voce senza che

quelle buffe bolle mi uscissero di bocca. – Certo, l'incantesimo funziona soltanto ai piani superiori del castello, vero? Fuori dalle mura o nei sotterranei non ha effetto…

La zia accarezzò il mostro gelatinoso. – Ben detto, piccola.

Gorgogliando piano, quell'essere viscido scivolò nel fossato e scomparve.

– Presto arriveranno gli ospiti – dissi paziente. – Capirai anche tu che non possiamo accoglierli con questo sciocco incantesimo da streghe alle prime armi.

Gelsomina fece una smorfia. – Perché no? – mi chiese. – Le bolle sono una grande trovata! A te non piacciono, cara?

Sospirai, cercando di mantenere la calma. – Certo che mi piacciono. Ma non tutti capiscono il tuo umorismo. Credo che ormai il tuo scherzo sia durato abbastanza. E visto che le bolle ti piacciono tanto… –. La formula era semplice:

*Se ti piacciono i dispetti,*
*in una sfera ti imprigiono!*
*Nella bolla si sta stretti,*
*strilla pure, non c'è suono,*
*ma se presto vuoi uscire,*
*lo scherzetto fai finire!*

Gelsomina sollevò una mano per difendersi dall'incantesimo, ma ormai era troppo tardi. Un'enorme bolla scintillante le si formò intorno.

Anche se non la sentivo, vidi che la zia batteva i pugni sulle pareti della bolla e gridava furibonda.

Poi la sfera trasparente cominciò a rotolare verso il fossato. Cadde in acqua con uno spruzzo che mi inzuppò la gonna e prese a galleggiare sulla superficie.

Improvvisamente schizzò in aria per poi ricadere più avanti, come se qualcosa l'avesse colpita dal basso. Poco dopo emerse il mostro: era un incrocio tra un pesce e una specie di rettile. Aveva lunghi denti aguzzi, pinne frastagliate e la coda seghettata. Comunque, qualsiasi formula la zia avesse pronunciato, sembrava che il mostro non l'avesse nemmeno sentita.

Da dentro la sfera, Gelsomina mi fulminò con lo sguardo. Poi il mostro la urtò di nuovo, spingendola sul pelo dell'acqua e digrignando i denti...

Avevo vinto: la zia recitò la formula per annullare il suo incantesimo e la bolla scoppiò all'istante con un grande *PLOFF!*.

Gelsomina cadde in acqua con un grido e nello stesso momento dal castello si udì un boato: tutte le parole intrappolate nelle bolle dall'inizio dell'incantesimo si erano liberate all'improvviso.

Soddisfatta, guardai nel fossato giusto in tempo per vedere la testa di Gelsomina sbucare dall'acqua per riprendere fiato.

– Serve aiuto? – domandai, sentendomi un po' in colpa per averla fatta finire lì dentro.

Lei fece cenno di no con la testa e mi strizzò l'occhio. Poi prese a mormorare qualcosa tra sé e sé...

Proprio mentre il mostro si stava per avventare su mia zia, lei sparì in un bagliore accecante: al suo posto comparve il più grande squalo che avessi mai visto. Il mostro si diede immediatamente alla fuga, mentre la zia si tuffò schizzando acqua fino alle finestre del castello.

– Guarda, piove! – disse in quel momento la mamma alla sua dama di compagnia, sistemando un ritratto nel Salone Grande. – Ma Emma dov'è sparita ancora?

# 13

# La fata della palude

La fata della palude non doveva essere lontana e io ero decisa a scovarla.

Andai nelle scuderie, dove trovai Genio intento a strigliare Belpaese.

– Devo andare, sarò di ritorno per l'arrivo dei tuoi genitori – dissi schioccandogli un bacio.

– Di nuovo? Per caso avete scambiato queste scuderie per la panchina degli innamorati? – si lamentò Bel, voltandosi dall'altra parte. – Potrei avere i miei paraocchi?

– Che cosa vuoi fare? – mi chiese Genio.

– Ora che so che è stata la fata della palude a

scagliare la maledizione, le chiederò di scioglierla. L'ha lanciata tanto tempo fa, non posso credere che sia ancora in collera con la mia famiglia. Probabilmente se n'è addirittura dimenticata.

Genio annuì. – Dammi solo un minuto e sono pronto.

– Non c'è bisogno che venga anche tu... – iniziai a dire, ma non riuscii neanche a terminare la frase.

– Emma, ho detto che vengo con te! Potremmo cominciare a cercarla al fiume, dove l'abbiamo incontrata la prima volta. Cosa ne dici?

– Buona idea – risposi.

Montammo in groppa a Belpaese e ci lanciammo al galoppo verso il fiume.

– E se la fata si rifiutasse di annullare l'incantesimo? Qualcosa mi dice che non sarà facile convincerla... – disse Genio mentre entravamo nella foresta. – Forse dovresti preparare un incantesimo.

Scossi la testa. – La magia delle streghe non funziona contro le fate.

Non ci volle molto per avvistare il fiume dove avevamo incontrato la fata. Quando raggiungemmo la radura, mi chinai e cominciai a chiamare: – Fata della palude! Ti dobbiamo parlare. Fata, ci sei?

Non ricevendo risposta, sospirai delusa. – Forse non è il posto giusto. Proviamo più in là.

Stavo per rimettermi a chiamare, quando notai che in riva al fiume qualcuno aveva costruito una minuscola capanna dall'aspetto confortevole. Il tetto di paglia luccicava al sole e la piccola porta era fatta di canne di bambù intrecciate con maestria.

– Credi che la fata possa vivere lì? – domandò Genio.

– Perché no? – dissi speranzosa.

In quel momento Belpaese nitrì e la porta della casetta si spalancò. Ne uscì un uomo.

Era Silvano!

– Salve, ragazzi – ci salutò con entusiasmo.

– Silvano, – risposi meravigliata – che cosa ci fai qui?

– Ci abito! – disse lui orgoglioso, indicando la casetta. – Che ve ne pare? L'ho costruita tutta da solo.

– Silvano, per caso abitavi qui quando eri una lontra? – gli chiese Genio.

– Bravo! In questo punto esatto. Fino a poco tempo fa stavo al villaggio, ma il padrone di casa mi ha buttato fuori: con le esercitazioni di magia continuavo a fare danni, così sono tornato qui. Prego, volete entrare?

Mentre Genio legava a un albero le redini di Belpaese, seguii Silvano nella capanna.

– Ehi, che meraviglia! – esclamai entrando.

I poteri magici di Silvano avevano fatto progressi.

La capanna, che da fuori appariva piccola e rustica, dentro era molto spaziosa. E stranamente, vista da vicino, sembrava fatta di pietra e mattoni. Il caminetto era acceso e un cane dall'aria familiare era accucciato lì vicino. Appena mi vide, si mise a scodinzolare.

– Olefat è venuto a trovarmi – spiegò Silvano. – Ogni tanto deve prendersi una pausa da tua nonna. Viene in vacanza da me ogni volta che ha bisogno di cambiare aria.

Silvano fece accomodare me e Genio su una panca imbottita. – Allora, che cosa vi porta da queste parti?

– Ho scoperto chi ha scagliato la maledizione contro la mia famiglia – esordii. – Sono venuta per chiedere che sia annullata. Non hai per caso visto la fata della palude?

– Vuoi dire che è stata lei? – esclamò Silvano balzando in piedi.

Genio annuì. – La maledizione dice anche che il bacio di un uomo veramente innamorato può spezzare l'incantesimo.

Silvano sembrava perplesso. – Un bacio? Vuoi dire che qualcuno dovrebbe baciare...

– Gelsomina – concluse Genio. – Tu la ami ancora, non è vero? Perché credo che quel qualcuno dovresti essere tu.

– Che dire? – rispose Silvano riluttante. – Io amo la persona dolce che ho conosciuto un tempo. Ma Gelsomina non è più quella di una volta. E poi lei non mi sopporta. Se anche volessi baciarla, non credo che mi lascerebbe avvicinare abbastanza senza trasformarmi in un essere mostruoso. Forse potrei provare mentre dorme ma…

– Credo che per sciogliere la maledizione serva l'amore, – intervenni – non basta riuscire a cogliere qualcuno di sorpresa. Ecco perché dobbiamo parlare con la fata della palude. L'hai vista ultimamente?

– Di solito prima del tramonto fa un pisolino sotto il vecchio salice piangente. Ma se è davvero stata lei a maledire la tua antenata, Emma, temo che parlarle sia inutile. Anzi, visto il caratterino che ha, è probabile che ti scagli addosso un'altra maledizione! Fossi in te, tornerei al castello prima di peggiorare la situazione.

– Non posso mollare proprio ora, Silvano! Gelsomina sta peggiorando. Ha riempito il fossato di mostri e invaso il castello di bolle galleggianti... Devo farla ritornare quella di una volta.

Silvano sospirò. – Il vecchio salice non è lontano da qui. Posso farvi strada, se volete. E augurarvi buona fortuna.

Accompagnati da Olefat, Silvano ci condusse fino a una ripida discesa, poi si fermò indicando un punto preciso e ci salutò. Sul margine del fiume cresceva un salice piangente così vecchio che le sue radici dondolavano sull'acqua come un'immensa ragnatela.

– È lei? – domandò Genio, indicando un puntino luminoso aggrappato a una delle foglie che ondeggiavano al vento.

– Fata della palude... – chiamai piano per non spaventarla. – Hai un momento? Dobbiamo parlarti.

Il puntino si scosse e improvvisamente la fata comparve davanti a noi, sbadigliando e stropicciandosi gli occhi viola. I suoi capelli blu erano spettinati e striati di grigio e la sua gonna di petali era sgualcita e arruffata. Sbadigliando di nuovo, disse: – Che cosa volete? Non vi hanno insegnato che non si sveglia una fata che dorme? Dite un po'... – aggiunse poi. – Ma noi non ci siamo già incontrati?

– A una festa, tanti anni fa – risposi speranzosa.

– Deve essere passato un sacco di tempo. Sono secoli che non vado a una festa!

– Era una festa di compleanno – precisò Genio. – Il cibo era ottimo.

– Davvero? – domandò la fata della palude, illuminandosi.

– Era ottimo anche l'idromele – aggiunsi.

– Ah, *quella* festa – disse la fata rabbuiandosi. – Sì, è stato parecchio tempo fa… Un momento, voi non avete l'aria di due immortali – mormorò all'improvviso. – Come mai eravate lì?

– Io sono una strega – risposi. – E sono… ehm, parente di Adele. Ecco la ragione per cui siamo venuti qui. Prima di andartene dal castello hai scagliato una maledizione contro la mia famiglia.

Gli occhi della fata divennero due fessure. – Ricordo benissimo – disse. – Tua parente hai detto? C'è poco da esserne orgogliosi, sai? È stata davvero maleducata.

– Lo so. E mi dispiace infinitamente. Ma è passato tanto tempo, e mi chiedevo se adesso potresti essere così gentile da sciogliere l'incantesimo.

La fata scosse la testa. – Cara, io non ritiro mai una maledizione. Sarebbe come ammettere che mi sono sbagliata. E io, modestamente, non sbaglio mai.

– Ma sono passate centinaia di anni! Molte generazioni della mia famiglia hanno sofferto per via della tua maledizione. Non è una punizione sufficiente?

– Te l'ho detto. Adele è stata davvero villana.

– Senti, fata, – tentò Genio – Emma possiede dell'alito di drago...

– No grazie. Ne ho una fiala piena. Me l'hanno data parecchio tempo fa due ranocchi piuttosto bruttini.

– *Bruttini?* – esclamò Genio, offeso. – Se vuoi vedere davvero una faccia "bruttina", specchiati in questo squallido ruscello!

– Genio, non è il caso – dissi allarmata. – Sta scherzando, signora fata. Il mio amico è un burlone.

– Come osi parlarmi così? – tuonò la fata.

L'aria intorno a lei cominciò a sberluccicare, ma prima che la fata potesse alzare le braccia Olefat irruppe di corsa per la discesa inseguendo un coniglio. Correndo a zig zag, il coniglio frenò a pochi centimetri dalla fata, che si fermò a guardarlo perplessa.

Approfittai di quel diversivo per trascinare Genio lontano dal salice.

– Un'ottima idea, complimenti! – sbottai quando fummo al sicuro. – Veniamo a pregare una fata celebre per il suo caratteraccio di annullare una maledizione che dura da secoli, e tu che cosa fai? La offendi di nuovo! Beh, in caso non lo avessi notato, stava per trasformarti in un lombrico! Dobbiamo andarcene di qui, le maledizioni delle fate hanno un raggio di azione molto ampio…

Tornammo verso la capanna di Silvano senza scambiarci una parola.

Eravamo quasi arrivati, quando Olefat mi raggiunse trotterellando con un'espressione soddisfatta sul muso. – E con questa fanno due! – disse scodinzolando prima di scomparire da dove era venuto.

– Che cosa voleva dire? – domandò Genio.

– Credo che stia cercando di compiere tre buone azioni per spezzare il suo incantesimo e tornare a essere un uomo.

Silvano non fu sorpreso quando gli raccontammo del nostro incontro fallimentare con la fata.

– Speravamo che potessi aiutarci tu – tentai di nuovo.

Silvano aggrottò la fronte. – Ve l'ho detto, per me è quasi impossibile convincere Gelsomina anche solo a rivolgermi la parola.

– Non potresti provarci? – insistetti. – Se riuscirai a baciarla, lei tornerà la dolce Gelsomina che era un tempo...

– Non funzionerebbe mai – rispose Silvano sconsolato. – La maledizione dice che il bacio deve essere sincero, giusto? Se la costringessi sarebbe inutile.

A quel punto decisi di parlare chiaro. – Silvano, non si tratta solo di mia zia. La faccenda riguarda anche Genio e me. Io vorrei sposarlo, ma se non mettiamo fine a questa maledizione non potrò sposare nessuno, tanto meno lui.

– Stai scherzando, vero? – intervenne Genio. – Noi ci sposeremo lo stesso! – disse guardandomi negli occhi.

– Non credo che ti piacerebbe trovarti da un momento all'altro con una moglie orribile e insopportabile come è diventata Adele dopo l'incontro con la fata della palude. O come Gelsomina, che passa il suo tempo a inventare scherzi disgustosi. Credimi, preferiresti rifugiarti nei sotterranei con i fantasmi.

– Quello che è successo a loro non capiterà anche a noi, Emma – disse Genio. – Non ci saranno fiori nel nostro castello, te lo prometto. Basta che poi non ti lamenti se per il nostro anniversario non ti regalo rose rosse! – aggiunse per sdrammatizzare la situazione.

Scossi la testa. Anche se Genio sembrava minimizzare il problema, io sapevo che le cose non erano affatto così semplici. – Lo sai che potrebbe accadere per sbaglio. O per volontà di qualche creatura malvagia. O per uno strano destino...

– Bene, allora non ci resta che cercare di annullare questa maledizione, mi pare – si convinse Genio. – Che ne dici, Silvano? Ci proverai?

– Se questo è l'unico modo per riavere la mia dolce Gelsomina e permettere a due innamorati di coronare il loro sogno d'amore, che posso dire... Ci proverò – si rassegnò lui. – Ma non posso garantirvi nulla.

Dalla gioia per poco non caddi nel camino. – Grazie, Silvano! – dissi schioccandogli un bacio sulla fronte.

– Sei un amico – borbottò Genio.

– Domani verrò al castello – concluse Silvano, salutandoci davanti alla sua buffa capanna.

Genio e io arrivammo al castello che il sole stava tramontando. Improvvisamente Belpaese si imbizzarrì, facendoci quasi cadere di sella.

– Che ti prende, Bel? – chiese Genio al suo cavallo, dandogli una pacca sul collo.

– Per caso l'amore ti ha fatto diventare cieco? – sbuffò Belpaese. – Un'enorme bestia squamosa ci è appena passata davanti. E per di più mi ha fatto la linguaccia!

– Scommetto che era soltanto Gelsomina – lo tranquillizzai. – Magari stava andando a cena fuori in qualche palude melmosa.

– Gelsomina? Certo che tua zia è cambiata parecchio! – borbottò il cavallo.

– Ogni tanto le piace trasformarsi in lucertola. Ma potrebbe anche fare di peggio. Se le saltasse in mente di diventare un lupo, per esempio, la situazione sarebbe anche più complicata – risposi disinvolta.

Prima che cominciasse a rosicchiare le finestre, condussi Genio in cucina.

I cuochi gli apparecchiarono in pochi secondi una tavola da re.

– Oggi abbiamo capito da chi hai ereditato questo appetito formidabile – disse il capocuoco mentre Genio addentava un intero pasticcio di patate. – Tuo padre mangia ancora più di te!

– I miei genitori sono già qui? – chiese Genio con la bocca piena.

– Andiamo, voglio che me li presenti subito! – dissi sorridendo.

Genio guardò con desiderio i vassoi pieni di avanzi. – Se proprio dobbiamo... – acconsentì dopo un ultimo sguardo alle crostate in gelatina.

Stavamo per raggiungere il Salone Grande, quando una voce bonaria gridò dal fondo del corridoio: – Genio, finalmente!

Un ometto basso e tarchiato con un pancione procedeva a grandi passi verso di noi. Una donna alta e magra con una montagna di capelli ricci lo seguiva.

– Questa dunque è la tua Emma? – disse il padre di Genio con un sorriso a trentadue denti. – Dico, ma è bellissima, ragazzo mio! Certo, forse è un filo magrolina... ma le donne, si sa, sono sempre a dieta.

– Emma, – disse Genio imbarazzato – ti presento mio padre, Re Tarquinio. E questa è mia madre, la Regina Crespilla.

– È una gioia conoscerti, cara – mi salutò la regina con voce acuta e sottile.

# 14

# Il Cavaliere Argento

**La mattina del torneo** ci svegliammo sotto un cielo colmo di nuvole scure. Da settimane i carpentieri e i decoratori occupavano il campo destinato alle gare dei cavalieri.

Le tribune per gli spettatori e i tendoni per i concorrenti, colpiti dal vento, si gonfiavano come le vele di una nave nella tempesta.

Genio non si era ancora visto. Forse si stava preparando alla sua prima gara. Avrebbe sfidato un tipo che si faceva chiamare il Cavaliere Nero.

L'ultima moda voleva che i cavalieri scegliessero un colore. L'armatura, i paramenti del cavallo e perfino le alabarde dovevano essere di quella tinta. Poi gareggiavano con il nome di quel colore per tutta la durata del torneo.

Il colore di Genio era l'argento: in sella al suo cavallo bianco avrebbe luccicato come un soldatino di piombo. Tranne il cupo Cavaliere Nero, non sapevo quali colori avessero scelto gli altri. E con gli elmi chiusi e le pesanti armature, non avrei conosciuto la loro identità fino alla fine della gara.

Era questo il bello dei tornei: c'era sempre qualche fantasma che si intrufolava per portare scompiglio nei combattimenti. L'ultima volta Samuele il Rosso aveva finto di perdere la testa facendo svenire tutte le dame presenti.

Mentre raggiungevo il campo, vidi mia nonna con in testa una buffa acconciatura tonda a forma di calderone, che chiacchierava con Pupilla e sua sorella Diverticola, entrambe vestite di rosso fuoco. In mezzo a quel terzetto c'era il cane Olefat, che annusava le scope parcheggiate lì accanto.

Avvicinandomi al tendone d'onore, scorsi Gelsomina che si affrettava verso il fossato con qualcosa in mano.

Stavo per seguirla, quando la tromba dell'araldo suonò tre volte.

– Re Lanolino ha decretato che tutte le lance di questo torneo dovranno essere spuntate – annunciò con voce solenne. – Chiunque si presenti alla gara con una lancia appuntita sarà squalificato immediatamente.

Mio padre ordinava sempre che le lance fossero spuntate. «Non voglio certo rovinarmi la giornata con spargimenti di sangue!» diceva.

Per la prima volta quel giorno, mi ricordai della misteriosa profezia che avevano fatto sia mia nonna sia Pupilla.

Preoccupata per Genio, decisi di proteggerlo con un po' di magia.

Trovai un posticino tranquillo dietro due tendoni e infilai una mano nella mia borsina di seta. Dentro trovai una piccola moneta che avrebbe fatto al caso mio. Tenendola in una mano, recitai una semplice formula di protezione:

*A ch'indossa il talismano*
*non sia mai torto un capello.*
*Prode e con la lancia in mano*
*a me torni sano e bello!*

La monetina luccicò per un attimo di una luce azzurra, poi riprese il suo solito color rame. Mi procurai una sciarpa e incastrai la monetina in uno degli angoli: non appena lo avessi trovato, avrei consegnato a Genio quella sciarpa come pegno d'amore.

Sollevata, cominciai a girovagare nella confusione festosa del torneo. Menestrelli ambulanti con serpenti ammaestrati, mangiatori di fuoco, carri di girovaghi e mercanti di frittelle facevano a gara per attirare l'attenzione degli invitati. In più, c'erano anche popolani e nobili provenienti dal lontano regno di Genio, Bellavista Superiore.

Camminando tra la folla, mi imbattei in Silvano, che ascoltava un menestrello cantare di un principe che una strega dispettosa aveva trasformato in volpe.

– Emma, andiamo a trovare Gelsomina – mi disse appena mi vide. – Questa folla mi rende nervoso. Da quando sono tornato umano, non mi sono ancora abituato a stare in mezzo a così tanta gente!

Trovammo Gelsomina accanto al fossato. Scrutava l'acqua borbottando sottovoce, con i lunghi capelli arruffati che le coprivano la faccia. Il suo mantello, posato a terra accanto a lei, copriva un oggetto grosso e ingombrante.

– Zia Gelsomina, – chiamai – c'è qualcuno che vorrebbe salutarti.

Lei voltò la testa di scatto e gettò un'occhiata torva a Silvano. – Che cosa vuole da me? – ruggì.

– Vorrebbe tanto parlarti...

– Beh, digli che io non voglio parlare con lui – rispose la zia come se Silvano non fosse nemmeno presente.

Come inizio sarebbe potuto andare meglio, ma lui non si scoraggiò.

Si schiarì la gola e disse gioviale: – Salve, Gelsomina. Come vanno le cose qui al castello?

– Molto bene, da quando te ne sei andato. Se te ne vai di nuovo, potrò stare ancora meglio!

– Gelsomina cara... – insistette Silvano guardandola dolcemente – è tanto tempo che non ci facciamo una bella chiacchierata...

– Ho cose più importanti da fare che parlare con un umano svitato che ha passato metà della sua vita a sguazzare in un fiume sotto forma di lontra.

– Che cosa stai facendo, zia? – domandai io.

– Niente di che – rispose evasiva. – E ora, se volete scusarmi, devo riprendermi da questo incontro sfortunato.

In quel momento realizzai che se c'era qualcuno che rischiava di rovinare il torneo con la magia, quella era proprio Gelsomina. Dovevo tentare. – Zietta cara, devo rivelarti una cosa – dissi. – Ho scoperto come porre fine alla maledizione di famiglia.

– Vuoi dire la maledizione di dover sopportare parenti impiccioni che non ti lasciano mai in pace? Che cosa devo fare per liberarmi di voi due? Lasciatemi da sola prima che vi tramuti in girini e vi butti nel fossato!

– Ma zia...

– Sparite! – tuonò lei, puntandoci il dito contro e iniziando a mormorare parole sconosciute.

Silvano e io corremmo via a gambe levate e non ci fermammo finché non scorgemmo le bandiere del grande tendone a righe bianche e rosse.

– Mi dispiace, Emma, speravo di poter fare di più – disse Silvano sconsolato, mentre riprendevamo fiato. – Me ne torno alla casa sul fiume.

Silvano aveva ragione. Costringere la zia a un bacio non sarebbe servito a nulla.

Lo ringraziai per il tentativo e mi avviai verso le tribune, più demoralizzata che mai.

A un tratto, però, mi voltai indietro a sbirciare la zia: la vidi sempre china sulla riva del fossato. Versava nell'acqua il contenuto di una grande brocca.

Decisa a scoprire una volta per tutte che cosa stesse tramando, tornai di corsa verso il fossato.

Quando arrivai, però, sia lei sia la brocca erano sparite. Accovacciandomi vicino all'acqua, vidi solo alcune bolle verdognole che salivano in superficie.

Le trombe degli araldi mi fecero sobbalzare. Il torneo stava per avere inizio.

Sospirai e mi ripulii la gonna: dovevo rimandare l'indagine. Genio avrebbe gareggiato al primo turno.

Mi sedetti al mio posto sotto il tendone, tra mia madre e la Regina Crespilla. La mamma fece un cenno di approvazione vedendo che indossavo il vestito giallo ocra, uno di quelli che aveva fatto confezionare dalla sarta. La madre di Genio tentò di farmi un sorriso, ma si vedeva che era preoccupata.

Genio, nella sua armatura argentata, era in sella a Belpaese, che accanto al purosangue nero del Cavaliere Nero sembrava ancora più bianco del solito.

– I tornei non mi sono mai piaciuti... – mormorò Crespilla.

– Coraggio, cara, – la confortò Re Tarquinio – nessuno si farà male. E il piccolo Alceste è ansioso di assistere alla gara! –. Il re diede un buffetto sulla testa di un ragazzino di circa dieci anni seduto accanto a lui. – Principessa Esmeralda, – disse poi – questo è il nostro figlio minore, Alceste.

Il ragazzino sorrise a suo padre, poi, quando il re tornò a guardare il campo di gara, mi mostrò la lingua.

Avevo già sentito parlare del fratellino minore di Genio: in un certo senso era stato per causa sua se Genio aveva incontrato la strega che lo aveva tramutato in ranocchio.

– Spero che scuserai Alceste la Peste – mi disse Genio, in sella a Belpaese.

Sorridendogli, gli porsi la sciarpa che doveva servire a proteggerlo. – Questa è per te – dissi.

Genio fece un inchino e se la mise al collo, sotto l'armatura. – Grazie, mia signora. Indosserò il tuo talismano proprio qui, sul cuore.

Alceste fece una pernacchia che facemmo finta di non sentire.

Guardai il Cavaliere Nero per cercare di capire chi potesse essere, ma la visiera appuntita gli copriva completamente il volto. Dopo essersi salutati con un passo di trotto, i cavalieri presero posto l'uno di fronte all'altro.

Le trombe suonarono e l'araldo annunciò:

– Il Cavaliere Argento combatterà con il Cavaliere Nero.

Trattenni il respiro mentre caricavano abbassando le lance.

Non avevo mai assistito a un combattimento di Genio in torneo. Certo, l'avevo visto battersi con la sua spada canterina contro un enorme ragno, ma era un po' diverso...

Con la schiena dritta, l'armatura luccicante, il cavallo bianco, Genio sembrava uno di quei cavalieri che affollano i sogni delle fanciulle sotto i baldacchini.

Era perfetto, così perfetto che l'idea di dirgli che non avrei potuto sposarlo mi fece venire un groppo in gola.

Quando le lance cozzarono l'una contro l'armatura dell'altro, ebbi un sussulto.

Entrambe si spezzarono e i cavalieri ripresero la gara con due armi nuove.

Ancora una volta le lance si infransero. Nel terzo scontro, però, la lancia del Cavaliere Nero si spezzò in due, mentre quella di Genio restò salda.

Il Cavaliere Nero cadde di sella e atterrò sulla schiena con un tonfo che fece tremare il suolo. Per fortuna non si fece nulla, e presto si rialzò in piedi aiutato dai suoi elegantissimi scudieri.

La Regina Crespilla aveva il volto pallido e gocce di sudore le imperlavano la fronte.

– Genio non si farà alcun male – le dissi pensando al mio talismano che lo proteggeva.

– Se solo potessi esserne certa! – esclamò.

La tentazione di raccontarle dell'incantesimo era forte, ma non osai. Chissà se Genio le aveva parlato dei miei poteri?

Il primo turno terminò, e venne il turno del Cavaliere Rosso. Nello stupore generale, un altro cavaliere dall'armatura argentata si fece

strada attraverso la folla di scudieri, prendendo posto per la gara.

– Potete annunciarmi come il Cavaliere Argento – disse il nuovo arrivato.

– Impossibile – rispose l'araldo. – Ce n'è già uno. Eccolo laggiù – aggiunse indicando Genio. – Al torneo è ammesso un solo cavaliere per ogni colore, quindi lei non può partecipare.

– E se torno con un colore diverso? – chiese il cavaliere con la voce soffocata dalla visiera dell'elmo.

– In quel caso, niente da dire – disse l'araldo abbassando la tromba.

Dopo la fine del secondo turno, in cui il Cavaliere Blu si ritrovò sdraiato sulla schiena a guardare il cielo, il cavaliere misterioso tornò indossando un'armatura nera.

Ancora una volta la folla fece silenzio mentre l'araldo si avvicinava al cavaliere. – Neanche quel colore va bene – disse. – C'è già un Cavaliere Nero in gara. Dovrà trovare un colore che non sia stato già scelto da qualcun altro.

– Ma io non ho un'altra armatura! – protestò l'uomo.

L'araldo scrollò le spalle. – Me ne dispiaccio. Forse l'armiere di corte avrà qualcosa da prestarle.

Il cavaliere partì facendo impennare il cavallo e l'araldo fu costretto a fargli strada con un salto.

Quando fu di nuovo il turno di Genio, Belpaese prese baldanzosamente il suo posto. Dal lato opposto apparve il cavaliere misterioso in sella al suo cavallo grigio. La sua armatura ora era di uno strano colore, un miscuglio di viola e marrone.

Un mormorio di sorpresa percorse la folla mentre l'araldo gli si avvicinava. – Questo sì che è un colore nuovo – commentò, trattenendo una risata. – Come vuole che la annunci?

– Come Cavaliere Viola, ovviamente – rispose il cavaliere.

– Ma questo non è viola – obiettò uno scudiero.

– Non m'interessa come lo chiamate! – si spazientì il cavaliere. – Basta che mi annunciate in fretta.

L'araldo sorrise malizioso. – Come vuole lei, signor cavaliere –. Poi fece uno squillo di tromba e gridò: – Signore e signori, gentiluomini e gentildonne, il Cavaliere Prugna!

Grasse risate si levarono dal pubblico.

Il Cavaliere Prugna non ci fece caso e si sistemò in posizione con la lancia pronta all'attacco.

Ancora una volta trattenni il respiro. Quando la tromba suonò, gli zoccoli dei due cavalli tuonarono all'unisono e le lance degli sfidanti si scontrarono con colpi decisi.

Entrambi i cavalieri caddero di sella, atterrando di schiena nella polvere.

Balzai in piedi, ma non riuscii a vedere attraverso la calca di spettatori che aveva circondato immediatamente Genio. Gli scudieri aiutarono il Cavaliere Prugna ad alzarsi, e notando che Genio restava a terra, cominciai a preoccuparmi.

– Resta seduta, Esmeralda – disse mia madre vedendo che mi agitavo sulla poltrona. – Se ne occuperanno gli scudieri.

– Ma perché non si è ancora alzato? – chiesi inquieta. – Ormai dovrebbe essere in piedi.

Con un sospiro e un piccolo tonfo, la madre di Genio svenne silenziosamente. Mentre tutta la tribuna si precipitava ad aiutarla, scivolai sotto la transenna per correre da Genio. Ero quasi arrivata, quando il Cavaliere Prugna lo raggiunse.

Genio era sdraiato sulla schiena. Qualcuno gli aveva già tolto l'elmo e scorsi il pallore del suo viso sotto i capelli sudati. Il Cavaliere Prugna afferrò la sua lancia, che era rimasta conficcata nell'armatura dell'avversario.

Genio gemette e alzò la testa. – Che... che cosa è successo? – domandò confuso.

Per fortuna non era ferito nemmeno di striscio, nonostante la lancia lo avesse colpito.

Appena si fu ripreso dalla botta della caduta, Genio si rialzò in piedi. – Fammi vedere questa lancia! – disse strappando l'arma dalle mani del Cavaliere Prugna.

La lama dell'arma era estremamente appuntita, nonostante il regolamento parlasse chiaro in proposito. Ma non era tutto: tenendo la mano sulla lancia, sentii la magia che la circondava. – Qualcuno ne ha rinforzato la punta con un incantesimo – esclamai.

– E ora vediamo chi è questo cavaliere tanto sleale – disse Genio strappandogli l'elmo.

Quando riconobbi la sua faccia ebbi un brivido.

Era l'orrido Principe Goffredo, il figlio del re che aveva invaso Boscoverdonia l'estate precedente! Il principe che mia madre intendeva farmi sposare poco prima che conoscessi Genio.

– Goffredo! – gridai. – Come hai potuto?

Il principe mi guardò con occhi duri e pieni di odio. – Voi due avete umiliato il mio regno. Meritavate una lezione.

– Arrestate quell'uomo! – gridò in quel momento mio padre.

Il capitano della guardia reale fece strada a una fila di uomini perfettamente allineati, che trascinarono Goffredo fuori dal campo di gara.

Mentre osservavo il mio antico pretendente uscire così disonorato dal torneo, Genio mi raggiunse. – Emma, tu sai come mai quella lancia non mi ha ucciso?

– Ricordi il talismano che ti ho donato? Beh, ho fatto in modo che ti proteggesse.

Genio si rabbuiò. – Immaginavo che fosse una delle tue stregonerie. Ecco, puoi riprendertelo – disse, sfilandosi la sciarpa da sotto l'armatura. – Non era un combattimento leale. Io ero avvantaggiato.

– Ma Genio, Goffredo non ha combattuto lealmente. Ti voleva uccidere!

– Beh, adesso è stato arrestato e non dobbiamo più preoccuparcene, giusto? Allora promettimi che non farai mai più una cosa del genere. Non voglio che usi la magia su di me senza chiedermi il permesso.

– Stavo solo cercando di proteggerti – dissi mortificata.

– Lo so – rispose lui, baciandomi sulla punta del naso. – Per questo non sono veramente arrabbiato.

La caduta di Genio aveva scosso sua madre così tanto che il mio principe decise di ritirarsi almeno per quel giorno.

Mentre la regina si allontanava verso i suoi appartamenti, portandosi dietro il pestifero Alceste, Genio si tolse l'armatura e prese posto accanto a me.

Il torneo proseguì senza altre emozioni.

L'unica sorpresa fu il Cavaliere Nero. Quando si tolse l'elmo, riconobbi subito il Principe Garrid, il vampiro innamorato di Nina Puzzina che avevamo conosciuto ai tempi di Adele.

Per poco non precipitai sugli araldi della tribuna.

– Garrid! Che cosa ci fai qui? – domandai quando si avvicinò.

Lui mi sorrise. – Salve, Emma. Sono contento di averti finalmente trovato. Sono centinaia di anni che ti aspetto.

– Aspettavi me? – chiesi, confusa.

– Beh, veramente aspettavo Nina. Ma sapevo che potevo trovarla solo incontrando te. Mi aveva raccontato di questo torneo. Ce ne avete messi di secoli a organizzarlo, eh? Beh, quando finalmente il tempo è arrivato mi sono precipitato qui.

– Ma perché? –. Sapevo che i vampiri erano immortali, ma fare tanta fatica per ritrovare una pipistrellina che già una volta aveva fatto soffrire…

– Con il passare dei secoli mi sono reso conto che Nina è la pipistrellina della mia vita. Non ho mai sposato Adele, né altre principesse. Nessuna reggeva il confronto con la mia Nina.

– Nina? A che famiglia appartiene? – domandò mia madre incuriosita.

– È figlia di Nero, della dinastia degli Strelli di Grottaoscura – risposi, trattenendomi a stento dal ridere. – L'ho conosciuta durante una festa…

La mamma aggrottò la fronte. – Abita da queste parti? – chiese sospettosa.

– Nella mia torre – risposi. – Garrid, se vuoi andare a cercarla la troverai che dorme nello sgabuzzino.

– Nello sgabuzzino?! – fece eco mia madre, impallidita.

Senza darle retta, indicai il castello. – È nella torre alta a destra – dissi al principe.

Garrid mi salutò e partì radioso verso la torre, accompagnato dal clangore allegro della sua armatura.

Mia madre mi tirò la manica. – Emma, ma come farà a entrare nella torre? La porta è chiusa a chiave!

– Sono sicura che troverà il modo… – risposi con un sorriso.

15

# Magia contro magia

**Ora che la minaccia** magica di cui mi avevano avvertito Pupilla e mia nonna era stata svelata, cominciai a godermi la festa. Mi ero convinta che l'episodio funesto di magia cattiva che mi avevano preannunciato avesse a che fare con la lancia stregata di Goffredo.

Presto però dovetti ricredermi.

– Sai come mai tua zia sta disseminando la terra di pezzi di pollo? – mi chiese Genio.

Balzai in piedi. – Oh, no! Hai visto dov'era diretta?

– Non ne ho idea – rispose lui. – Certo che siete davvero strani, nella tua famig...

Il grido di una donna lo interruppe. Quando la terra cominciò a tremare e altri ospiti presero a urlare, mi resi conto che i problemi non erano affatto finiti.

– Tu resta qui – mi disse Genio superando con un salto i cancelli del campo di gioco.

– Sono la Strega Verde, ricordi? – gridai sorpassandolo. – Io non resto fuori dai guai, io li risolvo!

Genio estrasse Ferdi dal fodero e mi raggiunse di corsa.

Mentre ci guardavamo in giro cercando l'origine di tanta paura, il tendone in fondo al campo si sollevò come un palloncino. Un immenso tentacolo si levò sopra il tetto verde, per poi cadere pesantemente riducendo il tendone a una sottiletta. Gli ospiti fuggirono strisciando da sotto le pareti di tela.

Genio arrivò al padiglione per primo.

Questa volta il tentacolo colpì dal cielo, ma Eugenio fu pronto ad afferrarlo con un braccio. Poi, con una contorsione da circo, lo cavalcò con le gambe.

Mentre il tentacolo si dimenava avanti e indietro, Genio restò appeso con tutte le forze. Sembrava una pulce su un cane immenso.

Io lanciai un grido.

Dovevo assolutamente inventare una formula, ma non avevo capito bene contro che tipo di creatura dovessi lottare... Quindi corsi intorno al padiglione ormai distrutto, sperando di poter avere una visione migliore di quell'essere mostruoso.

Mentre Genio colpiva il tentacolo, riuscivo a sentire Ferdi che cantava a squarciagola, cercando di non combattere.

Il mostro continuava ad agitarsi, schiacciando i padiglioni e sollevando in aria pali di legno come fossero stuzzicadenti. Tutti gridavano scappando in ogni direzione, mentre la creatura, che ormai grazie ai colpi di Genio aveva perso molti tentacoli, avanzava verso il campo di gara.

– Emma, lanciami quel talismano! – gridò Genio da un punto imprecisato sopra la mia testa.

– Ma non avevi detto che non volevi che usassi la magia per proteggerti?

– Lascia perdere quella promessa! – strillò lui. – Lanciamelo subito o presto avrai un fidanzato in polpette!

Lanciai la sciarpa a Genio, sussurrando qualche parola magica.

La sciarpa ebbe un fremito, poi si spiegò e cominciò a volare sinuosamente, portando il talismano verso Genio. Ci mise un po' a raggiungerlo perché il tentacolo ondeggiava in continuazione, ma finalmente il principe riuscì ad afferrarla al volo.

Nel frattempo sentii un forte sibilo provenire da dietro uno dei pochi tendoni rimasti in piedi. Superai un gruppo di giocolieri in fuga e trovai quello che stavo cercando: il resto del mostro stava strisciando sul terreno. Largo quasi quanto il campo del torneo, aveva un guscio duro da granchio, un muso appuntito da squalo e i tentacoli di un'immensa piovra... Dunque erano tre creature diverse messe insieme! Adesso avevo capito che cosa dovevo fare, dovevo solo trovare il modo.

Due cavalieri stavano cercando di cacciare indietro il mostro con le loro lance, ma il suo guscio era troppo duro per essere scalfito e la testa da squalo troppo feroce per poterla avvicinare. Il prato era coperto di lance in frantumi e le else delle spade spezzate spuntavano inutilizzabili dal corpo del mostro.

Alla prima occasione Genio balzò dal tentacolo sulla schiena della triplice creatura: le mandibole dello squalo si spalancarono mostrando i denti aguzzi mentre il corpo si agitava, cercando di disarcionarlo.

Sapevo che Gelsomina aveva una passione per gli esseri ributtanti, ma questo era davvero troppo. Sicuramente si sarebbe meritato un posto d'onore sul *Manuale dei Mostri Orrendi*.

Se volevo sconfiggerlo, mi serviva una formula diversa per ognuna delle tre singole bestie. Mentre Genio cercava di arrampicarsi sulla testa della creatura, puntai il dito contro il mostro e declamai:

*Prendi il mostro e, senza paura,*
*fanne tre da una sola creatura.*
*Più felici le bestie saranno*
*una volta che si divideranno!*

Il mostro si scansò all'improvviso e la mia formula mancò il bersaglio. In quel momento Genio fece un balzo in avanti, atterrando sulla testa della belva. Quella cercò di morderlo, ma Genio la schivò, infilzando Ferdi nel punto in cui la testa dello squalo si congiungeva con il guscio del granchio.

Genio stava cercando di affondare un nuovo colpo, quando un tentacolo gli avvolse la vita, lo sollevò e lo scagliò lontano come un burattino. Grazie al talismano, atterrò come se fosse stato di gomma e rimbalzò immediatamente in piedi.

– Uau! – mi disse quando accorsi per verificare che fosse ancora tutto intero. – È stato incredibile!

– Genio, io so cosa dobbiamo fare...

– Ehi, sono rimbalzato! – esclamò lui osservandosi le gambe stupito.

– Genio, mi stai ascoltando? Quello è un mostro composito. L'unico modo per renderlo inoffensivo è dividerlo nei suoi tre componenti, ma tu devi aiutarmi a far sì che l'incantesimo gli arrivi addosso –. Poi gli spiegai: – Metteremo la formula in una sfera come quelle che abbiamo usato quando abbiamo combattuto contro Re Bertrando, così non si disperderà. Tu però dovrai mirare a un punto in cui potrai colpire tutte e tre le creature insieme. Credi di poterci riuscire?

– Con il talismano che mi hai dato credo di poter fare qualunque cosa.

– Temo che la sciarpa da sola non basti... – dissi formando una sfera con le mani. Poi ripetei la formula che avrebbe diviso il mostro in tre.

– Quant'è resistente quest'affare? – domandò Genio, prendendola tra le mani.

– Abbastanza – risposi. – Ma non farla cadere. E soprattutto, non chiamarla "affare"! Le sfere magiche sono permalose quasi quanto le fate.

In quel momento una risata fragorosa mi fece sobbalzare. Gelsomina, da dietro un carretto distrutto, osservava la sua creatura con l'orgoglio di una madre.

– Non è un cucciolo meraviglioso? – gridò.

Però, quando Genio corse dritto verso la testa del mostro e scagliò la sfera con tutte le sue forze, Gelsomina smise improvvisamente di ridere. Il suo sguardo si fece cupo e le sue labbra iniziarono a borbottare una formula magica.

– Zia, mi sembra che adesso ti sei divertita abbastanza! – gridai scagliandole contro una formula paralizzante.

La mano di Gelsomina rimase immobile a mezz'aria.

Quando si rese conto che l'avevo fermata, mi fulminò con lo sguardo. La zia non ci avrebbe messo molto per spezzare il mio incantesimo paralizzante... Nel frattempo però il mostro si frantumò in una pioggia di goccioline verdi e, dopo qualche secondo, si dissolse con un boato in una pozzanghera violacea.

Al posto di quell'orribile creatura comparvero un minuscolo granchio, un cucciolo di piovra e uno squaletto che si dimenava sulla terra battuta. Non potevamo lasciare tre creature marine senza acqua, quindi con una rapida formula li mandai in volo nel fossato. Scomparvero tutti e tre in una nebbiolina verde che emanava un piacevole profumo di mare.

– Come hai osato? – gridò Gelsomina quando riuscì a sciogliere la formula paralizzante. – Quello era il miglior mostro che avessi mai creato! Adesso dovrò ricominciare tutto da capo e…

– Ti sbagli, zia – risposi decisa, fulminandola con un'occhiataccia. – Tu con i mostri hai chiuso.

Gelsomina fece una smorfia ironica: – Sarai tu a fermarmi?

– Se è per questo ci sono anch'io – intervenne nonna Ortica, che era comparsa all'improvviso alle mie spalle. – Si può sapere perché hai voluto rovinare questa bella festa con un bestione così orribile? – domandò la nonna a sua figlia, fissandola dritto negli occhi. – Lo sai quanto mi piacciono i tornei! Adesso chissà quanto tempo passerà prima che ne capiti un altro…

Gelsomina si illuminò: – Mammina, visto che sei venuta fin qui e non hai apprezzato la mia splendida opera di magia anfibia, credo che sia arrivato il momento di una bella sfida di famiglia. Poche regole: magia contro magia. Vale tutto! – propose.

– Perché no? – rispose la nonna, sciogliendosi l'ingombrante acconciatura a calderone. – Ci vediamo così di rado… Una bella sfida magica è proprio quello che ci vuole! –. E puntando il dito ai piedi di zia Gelsomina, gridò: – *Tremarellibus!*

La terra cominciò a tremare e un attimo dopo si aprì una piccola crepa.

– Ehi, non vale! – strillò Gelsomina. – Non avevamo ancora cominciato! Comunque… è tutto qui quello che sai fare? –. Gelsomina alzò le braccia al cielo e cominciò a girare su se stessa, dapprima lentamente poi sempre più in fretta, fino a sembrare una trottola.

Si alzò un forte vento e dopo pochi secondi cominciarono a cadere pesanti fiocchi di neve.

– Però… Niente male! – ammise la nonna. – Sei diventata piuttosto bravina –. E mentre cercavo di ripararmi da quella tormenta di neve, puntò l'indice e gridò: – *Nevespaio!*

Improvvisamente tutti i fiocchi si tramutarono in vespe, una nube ronzante che turbinava minacciosa verso mia zia.

– Ma allora vuoi la guerra! – gracchiò Gelsomina, vedendo avanzare quello sciame. Senza dire una parola, volteggiò su se stessa liberando dal mantello centinaia di uccelli di ogni forma e dimensione che piombarono sulla massa di vespe disperdendola immediatamente.

– E allora... *Zorilla!* – rispose nonna Ortica a quell'invasione di pennuti.

Un momento dopo fummo circondati da ogni genere di felino. Prima un esercito di tigri ringhianti, poi gatti randagi e leoni dalle folte criniere che cercavano di colpire gli uccelli in volo con grandi zampate.

Quando i felini ebbero cacciato tutti gli uccelli, cominciarono a vagare nel campo del torneo. Un gattone dal mantello fulvo a chiazze irregolari scavalcò la palizzata e corse verso un gruppo di ospiti ammutoliti.

Dovevo agire in fretta, prima che la situazione degenerasse.

– Adesso basta, vi siete divertite a sufficienza! – gridai schivando un puma che si faceva le unghie su un palo della tribuna.

Nessuna delle due mostrò di aver sentito.

C'era solo una creatura che entrambe rispettavano...

*Draghi grandi, draghi grossi,*
*denti aguzzi e occhi rossi.*
*Voglio esser proprio questo,*
*fallo in fretta, fallo presto!*

Quando cominciò a bruciarmi la pelle, pensai che forse avevo commesso un terribile sbaglio. E se a una strega non era permesso trasformarsi in drago? Quando i miei capelli presero a fumare, mi convinsi dell'errore. Forse era vietato trasformarsi in una creatura magica... Invece della leggera sensazione di prurito frizzante che avvertivo durante le mie solite trasformazioni, mi sentivo come un pezzetto di burro caduto in un vulcano.

Quando infine aprii gli occhi, vidi che tutti mi guardavano sbalorditi.

Abbassai lo sguardo e notai un corpo squamoso, di un verde fosforescente. I miei lunghi artigli erano color smeraldo scuro e le pallide ali di un verde trasparente. Ero lunga e sinuosa, completamente coperta di squame dorate.

Con gli occhi di tutti puntati addosso, alzai le ali e le piegai piano per vedere se funzionavano. Non fu un gran battito, ma provocò un vento abbastanza forte da sollevare da terra tutti i gatti e anche qualche tigre.

– Emma, sei proprio tu? – domandò mia zia con gli occhi sbarrati.

– Sssssì – risposi sibilando.

La nonna si grattò la testa, perplessa. – Non è possibile – disse. – Nessuna strega è mai riuscita a trasformarsi in drago. Deve essere uno scherzo.

– Credo di essere vera, nonna – dissi allargando di nuovo le ali. La gonna di Ortica si alzò da terra e la nonna dovette piantare i piedi al suolo per non volare via.

– Com'è possibile? – domandò Gelsomina.

– Magia – risposi evasiva. In realtà non avevo idea di cosa fosse successo, ma sospettavo che essere un'amica dei draghi avesse avuto la sua parte.

– Niente più guerre a colpi di magia. D'accordo? – dissi sbuffando una nuvola dorata dalle narici rotonde.

Né Gelsomina né Ortica risposero. Erano ancora troppo sbalordite.

Le accompagnai fino al ponte levatoio, poi mi sedetti vicino al fossato. – Iniziate pure la festa senza di me, – gridai – arrivo tra un attimo.

Quando se ne furono andate, spiegai di nuovo le ali e mi ritrasformai in umana.

– Uau, sei una strega eccezionale! – esclamò Genio raggiungendomi vicino al ponte levatoio. – Un vero drago…

– Hai visto? Mi hanno dato retta! – esclamai, cercando di sistemarmi i capelli.

– Chiunque ti avrebbe dato retta, Emma. Le

hai spaventate davvero. Anzi, a essere sinceri, mi sono spaventato anch'io!

– Mi dispiace... Volevo solo farle smettere di litigare! – dissi mentre rientravamo.

Sentii le voci acute della zia e della nonna già dal portone.

Quando entrai nella sala, vidi che erano accorse anche Pupilla e Diverticola, che si godevano la discussione ingozzandosi da un vassoio di cipolle fritte. C'erano anche i miei genitori, con la Regina Crespilla e Re Tarquinio in abiti da viaggio.

– Una foresta di ortiche! – disse mia nonna. – Ecco che cosa ti avrei lanciato addosso se non ci fosse stata Emma.

Gelsomina grugnì. – Come sei antiquata, mamma! Le ortiche sono fuori moda da anni! Io avrei tentato con le sabbie mobili. O forse con una nebbia tanto densa da...

– Non intorno al mio castello, mie care – tuonò una voce profonda. Mio nonno era comparso al centro della stanza. – Questa non è un'arena per gare non autorizzate tra streghe! Gelsomina, sarebbe ora che tu e tua madre la smetteste di azzuffarvi come cane e gatto. Maledizione o no, siete pur sempre parenti!

In quel momento si udì un lamento. Tutti si

voltarono a guardare la Regina Crespilla che gemeva dall'altra parte del salone.

– Questa famiglia... io... non ho parole! – disse pallida come una mozzarella. – Ho visto di tutto: zie streghe e nonne fattucchiere che si sfidano a colpi di belve feroci, mostri orripilanti nel fossato, fantasmi che girano nel salone insieme agli ospiti... E poi Emma! Anche quella ragazza è una strega – mormorò sconsolata.

In effetti non doveva essere stato facile conoscere in un solo pomeriggio tutti i più stravaganti segreti della nostra famiglia.

– Mi dispiace, ma non credo che concederò a mio figlio il permesso di sposare Emma – concluse la Regina Crespilla in un sospiro.

Mi sentii svenire.

– Questa famiglia potrà anche essere eccentrica, ma non è cattiva! – intervenne nonno Albino alzando un braccio trasparente. – E Ortica, mia moglie, era la regina migliore che un re potesse desiderare. Non è colpa sua se le ho regalato un mazzo di fiori! Se quel giorno le avessi portato dei cioccolatini, la maledizione non ci avrebbe colpiti. Chiunque non volesse sposare una strega di questa famiglia, sarebbe un inutile babbeo!

– Albino? – mormorò mia nonna.

Il nonno si voltò a guardarla, galleggiando attraverso la sala fino a sfiorarla. Poi l'avvolse con l'azzurro della sua aura e la baciò.

– Emma, guarda! – esclamò Genio alzando gli occhi verso l'alto.

Dal soffitto cadde una cascata di petali di ogni forma e colore.

Mia madre gridò, nascondendo il viso tra le braccia di mio padre.

Ma ormai non era necessario fuggire: per la prima volta dalla festa di Adele, i fiori non avrebbero più trasformato in mostri le donne della casa reale di Boscoverdonia.

Una risata che non sentivo più da tempo ci riportò alla realtà: era mia nonna, tornata all'antica bellezza che aveva fatto innamorare il nonno.

Subito mi voltai a guardare zia Gelsomina, che mi sorrise dolcemente scostandosi dagli occhi una ciocca dei suoi splendidi capelli rossi… La maledizione di famiglia era finita!

Poi qualcosa urtò contro la porta.

– Non posso venire! Lascia che torni a casa, cagnaccio testardo… –. Un attimo dopo Olefat entrò nella sala trascinando Silvano per una gamba.

Vedendoci tutti riuniti e coperti di fiori, il mago si guardò intorno e disse timidamente: – Scusate, non volevo intromettermi. Questo cane… –. Poi vide Gelsomina: lo stupore sul suo viso durò meno di un istante, subito rimpiazzato da un sorriso radioso. – Gelsomina? – domandò incredulo. – Sei proprio tu?

– Silvano! – riuscì a dire lei.

In un attimo erano una nelle braccia dell'altro.

Olefat gongolò e saltò su una panca. – E questa è la terza buona azione! – disse trionfante.

Un piccolo turbine di vento lo avvolse subito dopo, ritrasformandolo in umano.

– *Craack!* – disse il pappagallo Anch'io, appollaiato sulla spalla del vecchio mago. – Era ora di cambiare vita!

– Di cosa ti lamenti tu? – domandò Olefat seccato. – Ho fatto tutta questa faticaccia da solo. Tu eri solo la mia pulce... Comoda la vita, eh? –. Il mago non era cambiato molto.

Presi Genio per mano e lo trascinai in un angolo appartato.

– La maledizione è finita – dissi, gettandogli le braccia al collo.

– Non dirmi che possiamo finalmente sposarci...

– Proprio così! Nulla potrebbe rendermi più felice.

– Proprio nulla? – mi domandò lui.

– Beh, a dire il vero... – risposi – vorrei celebrare il matrimonio nella palude, con tutti i nostri amici. Nina Puzzina, Garrid il vampiro, tutti quei simpatici teschi del trabocchetto...

– E che ne dici di mia madre? – domandò Genio.

– Dovremo invitare anche lei, ovviamente – risposi. – Forse non le piaccio ancora del tutto... Ma sono certa che quando mi vedrà volare vestita da sposa sul mio tappeto magico, cambierà idea.

– Naturale – disse lui, baciandomi in fronte. – E chi non ti adora, Emma? Sei un *drago* di principessa!

# INDICE

# Le altre avventure di Emma e di Eugenio:

E.D. Baker

**Incantesimi, baci, ranocchi & principesse**

Emma non è *esattamente* una principessa modello. Odia vestirsi da principessa e il principe che deve sposare la annoia terribilmente. Ma nello stagno vicino al castello l'aspetta il ranocchio dei suoi sogni e... che avventura tra incantesimi, perfide streghe e pozioni di alito di drago!

E.D. Baker

**Capelli di strega, fagioli magici & alito di drago**

La piuma di un cavallo alato, il capello di una strega marina, la buccia di un fagiolo magico e l'alito di un drago verde: questi sono gli ingredienti che Emma, apprendista strega, e il principe Eugenio devono trovare per sciogliere l'incantesimo della perfida nonna Ortica...

# Ti è piaciuto questo libro? Allora puoi leggere anche:

Esmé Raji Codell

**Diario segreto di una strega**

Dura la vita di una moderna streghetta! Ogni mattina Amalia Prodigiosa deve andare alla scuola di Stregologia, frequentare le lezioni della prof Fortuna Funesta e sopportare l'insopportabile Arpia Frenesia, la secchiona della classe…

Liz Kessler

**Emily. Diario di una sirena**

Emily vive con sua madre su una barca ormeggiata davanti all'oceano. Eppure c'è una cosa che la mamma le ha sempre vietato di fare: nuotare. Ma una sera Emily decide di tuffarsi in mare e scopre che sott'acqua c'è un mondo misterioso, popolato di creature magiche….